내가 가장 무서워하는 것

아름다운 청소년 ⑲

내가 가장 무서워하는 것

초판 1쇄 발행 2019년 9월 30일 | 초판 3쇄 발행 2022년 6월 9일

지은이 정승희 | **펴낸이** 방일권

편집 황인석 | **디자인** 강소리 | **홍보관리** 손은영 차희주

펴낸곳 별숲 | **출판신고** 2010년 6월 17일 | **주소** 경기도 파주시 광인사길 68, 403호

전화 031-945-7980 | **팩스** 02-6209-7980 | **전자우편** everlys@naver.com

© 정승희 2019

ISBN 978-89-97798-72-8 44800
ISBN 978-89-965755-0-4 (세트)

내가 가장 무서워하는 것

정승희 장편소설

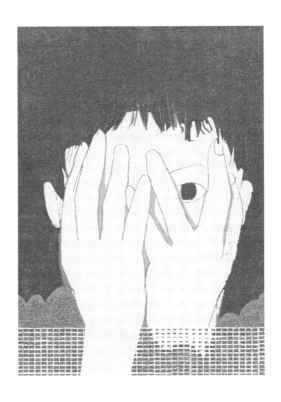

별숲

마음의 상처로 인해 두려움이나 트라우마를 갖게 된 친구들에게
작은 위로와 함께 극복의 힘이 되길 바라며…….

_ 정승희

● 차례

길이 끝나는 곳이자, 무덤이 시작되는 곳에 왔을 때였다.

아스팔트가 끝나는 곳이기도 했고, 흙이 시작되는 곳이기도 했다.

이쪽도 아니고, 저쪽도 아닌 곳

거기에서부터 이 이야기가 시작된다.

1. 나는 누구일까요?

_ 어떤 아이

개털처럼 많고 많은 어떤 날이었다.

톡톡톡, 빗방울 떨어지는 소리가 들려왔다.

눈을 번쩍 떴다.

─어? 여기가 어디지?

순식간에……, 갑자기……, 모든 게 생각나지 않았다.

누군가 내 머릿속에 있던 기억에 커서를 놓고 삭제 키를 누른 것만 같았다.

칠흑 같은 어둠 한가운데에 서 있었다.

아무것도 보이지 않았다.

─왜 내가 여기 있는 거지?

아무리 머리를 굴려 봐도 도무지 알 수가 없었다.

희미한 꽃향기가 코끝에서 맴돌았다.

―이 냄새는 뭐야? 나는 누구지? 내 이름은?

곰곰이 생각해 보았지만 헛수고였다.

―어디로 가고 있는 중이었을까? 난 어디에서 온 거야?

머릿속은 복잡했고, 몸은 개운했다.

내려다보니 신발도 신지 않은 맨발이었다.

―잠을 자다 나온 건가?

발등 위로 빛이 둥그렇게 모여들기 시작했다.

위를 올려다보았다. 빛이 쏟아져 내려오고 있었다. 눈이 부셨다.

찡그린 눈두덩 사이로 빗방울 떨어지는 소리가 들려왔다.

눈을 몇 번 껌뻑였다.

어둠 속 어딘가에서 시작된 빛이 서서히 번지기 시작했다.

주위를 둘러보았다.

저 멀리 다리 위에서 차들이 달려오고 있는 게 보였다.

장대비가 쏟아지고 있었다.

어떻게 된 거지?

내 몸에는 빗방울 하나 묻어 있지 않으니…….

2. 말 같지도 않은 말

_ 은결이

행복대교를 막 건너려고 할 때였다. 갑자기 장대비가 쏟아지기 시작했다. 창밖이 순식간에 어두워졌다. 차창으로 다리 난간이 보였다. 빗방울이 난간을 뚫을 것처럼 굵었다.

두두두두, 자동차 지붕을 두드리는 빗소리가 북소리처럼 크게 들렸다. 엄마는 운전대에 몸을 바짝 붙이고 운전하는 중이었다. 잔뜩 긴장한 모습이었다. 은결이는 소리가 볼까 봐 잔뜩 웅크린 채 끼적거리기 시작했다.

필요없는 말들을 너무 많이 했다.
정작 해야 할 때는 바보같이 하지도 못하고.
나는 심각한 상태다.

가출을 고민 중이다.

더이상…….

"오빠? 뭐 해?"

소리가 톡 끼어들며 옆으로 바짝 다가앉았다. 은결이는 후다닥 공책을 덮었다.

"내가, 뭘?"

있는 대로 인상을 찌푸리며 눈을 부라렸다.

"뭐 하고 있냐고?"

"남이사 뭘 하든?"

은결이는 쓰던 공책 한 쪽을 쭈욱 찢어서 확 구겨 버렸다. 소리 눈이 옆으로 가늘게 찢어졌다. 젠장, 아무래도 소리가 메모를 본 게 확실하다. 구긴 메모는 주머니에 대충 쑤셔 넣고 소리 어깨를 툭 쳤다. 눈을 부라리는 것도 잊지 않았다.

"너……, 봤지? 엄마한테 말하면 죽을 줄 알아."

엄마 눈치를 보며 목소리를 최대한 낮게 깔았다. 엄마는 앞만 보며 열심히 운전 중이었다.

"치, 또 시작이네. 오빠 십팔번. 엄마한테 말하면 아~알지! 아~ 알지! 흥, 메롱!"

소리는 혀를 쏘옥 내밀고 입을 삐죽거리며 등을 돌렸다. 정말 재수 없다. 지가 뭐라고 만날 어리광인지……. 삐쳐 보라지. 은결이도 등을 돌리고 앉아 뿌옇게 흐린 창밖을 바라보았다. 빗방울이 차창을 세차게 때렸다.

'더 이상 엄마랑은…….'

은결이 눈동자에 그렁그렁 눈물이 고였다. 안경을 살짝 들고 고인 눈물을 닦았다. 소리가 돌아앉아 있으니 그나마 다행이었다.

"구은결! 넌 정신이 있냐, 없냐? 창문 꼭 닫아! 비 들이치잖아!"

엄마가 버럭 소리를 질렀다. 은결이는 뾰족한 눈으로 엄마 뒤통수를 노려보았다.

당근! 내 정신 외출 중이지. 정상이 아니거든요. 들리지 않게 구시렁대며 창문 올리는 손잡이를 돌리기 시작했다.

엄마 차는 은결이보다 엄마랑 훨씬 더 오래 살았다. 그래서 엄마를 많이 닮았다. 엄마처럼 뻑뻑하기가 이루 말할 수 없다. 세상에 태어난 지 15년이 넘은 낡아 빠진 고물 차. 엄마는 같은 회사에서 일하는 아빠랑 일찍 결혼해서 스물다섯에 은결이를 낳았다. 지금은 서른아홉 살이다. 은결이가 중학교 2학년이니까 엄마랑 은결이는 15년을 같이 산 거다. 모르는 애들은 엄마가 젊어서 이모인 줄 안다. 그것도 창피하다. 엄마는 다른 엄마들보다 젊은데도 늙은 구닥다리 같다.

'이놈의 구닥다리 자동차.'

짜증이 몰려와서 바닥을 세게 찼다.

윽!

발가락 사이에 생긴 티눈을 깜빡했다. 눈이 시큰할 정도로 아팠다. 씩씩대며 창문을 올렸다. 창문은 역시 빽빽했다. 뒷문에 달려 있는 손잡이를 돌려야 창문이 올라가는 이런 한심한 차를 타고 영어 학원까지 가는 것도 창피하다.

옆에 앉아 있던 소리도 손잡이를 돌리고 있었다. 창문이 간신히 올라갔다. 코딱지만큼 아주 조금. 소리 얼굴은 오늘따라 더 허여멀게 보였다. 은결이가 봐도 약해 빠져 보이긴 했다. 자기 또래들에 비해 키도 아주 작은 편이다. 엄마 배 속에서 너무 일찍 나와 그렇다고 했다. 할머니는 자나 깨나 항상 소리 걱정이다. 저렇게 보일 때는 가끔 안됐다는 생각이 든다. 하지만 콩새처럼 톡톡 참견할 때는 콱, 쥐어박고 싶다.

"은결이, 넌 왜 그 모양이니? 소리 쪽 창문 안 올려 줄 거야?"

엄마는 백미러로 은결이를 힐끔 쳐다보며 소리쳤다. 불쌍하게 보이던 소리는 여기까지. 은결이는 소리에게 눈을 치뜨고 윽박질렀다.

"야! 너는 이런 거 하나 못 올리냐?"

엄마에게 화가 난 분풀이였다.

"오빠는 나보다 힘세잖아."

헐! 입을 또 삐죽거린다.

"뭔 놈의 안개까지 이 난리람……."

엄마는 안경을 추켜올리며 툴툴거렸다. 은결이는 그다음 말이 뭔지 이미 다 알고 있다.

'왜 그 모양이야? 바보같이.'

엄마는 요즘 입만 열었다 하면 '왜 그 모양이야? 바보같이.'를 입에 달고 산다. 엄마의 예민한 말과 행동 때문에 은결이 가슴이 팔락거린다. 엄마는 점점 더 이상하게 변하고 있는 중이다. 말투도 이상하다. 버럭버럭 화도 잘 낸다. 엄마가 유일하게 진지할 때는 화를 낼 때다.

뻑뻑하게 올라가는 창문처럼 엄마는 은결이에게 뻑뻑한 창문이다. 창밖에는 안개가 자욱하다. 행복대교 밑을 흐르는 강물이 보이지 않을 정도다. 자동차가 마치 구름 위를 건너는 것 같았다. 차 안에 습기가 차기 시작해서 번지더니 시야가 좁아들었다.

끼익! 갑자기 왼쪽에서 흰색 차가 엄마 차 앞으로 튀어나왔다.

빵! 빠~~앙! 빵! 엄마는 전조등을 켜고 경적을 울려 댔다.

"저 인간이! 정신이 있는 거야, 없는 거야? 하마터면 사고 날 뻔했잖아!"

엄마는 고래고래 소리를 질렀다. 흰색 차는 주춤거리더니 앞으로 쌩하니 가 버렸다.

"송미라 씨, 운전 조심해."

소리가 안경을 만지작거리면서 말했다. 요즘 툭하면 화부터 내고 보는 엄마 때문에 소리도 눈치를 보며 긴장하는 것 같다. 소리가 엄마를 엄마라 부르지 않고 '송미라 씨'로 부를 때는 많이 긴장하거나 아님 떼를 쓰거나 둘 중 하나다.

"집채만 한 코끼리가 누르고 있는 것 같아."

엄마는 가슴을 두드리면서 말했다. 안경이 흘러내리는지 이번에는 안경을 만지작거렸다.

"소리야, 어항 밖으로 떨어진 금붕어가 어떻게 보이디?"

"엄마, 난 그런 거 한 번도 못 봤는데. 어떻게 보여?"

뭐든지 궁금해서 톡톡 끼어들기 좋아하는 소리가 운전석 쪽으로 가까이 다가앉으며 물었다.

"어떻게 보이긴 어떻게 보여? 힘들어하지. 펄떡거리다가 죽잖아."

엄마는 심드렁하게 말했다.

"그런데?"

"내가 그렇단 말이야, 내가. 금붕어라고."

"엄마가 금붕어라고?"

소리의 엉뚱한 소리. 으이그. 소리 말을 듣고 있느니 차라리 창밖을 보는 게 정신 건강에 훨씬 도움이 된다. 엄마는 목에 이상이 생겨 한 달 전부터 약을 먹기 시작했다. 그 병의 증상이 갑자기 가슴이 벌렁거리는 거라고 했다. 신경이 예민해져서 화를 잘 내는 것도 그 병의 증상이란다. 심해지면 손까지 떤다고 했다. 갑자기 쓰러질 수도 있는 병. 갑상선 항진증이라나 뭐라나.

하지만 엄마는 그전에도 이상했다. 며칠 전부터는 더 이상한 말까지 하기 시작했다. 머리 위가 따끔거린다고. 정확하게 말하면 정수리 맨 꼭대기. 거기 머리카락을 누군가가 자꾸 잡아당긴다는 거다. 시도 때도 없이 자꾸. 누가 머리카락을 잡아당긴다는 건지.

은결이는 엄마가 조금, 아주 조금 걱정이 되기도 했다. 너무 예민해지고 정상이 아닌 것 같았기 때문이다.

'말 같지도 않은 말……'

어제 엄마가 은결이한테 했던 말이다. 엄마야말로 말 같지도 않은 말을 하고 있으면서 그걸 모른다. 은결이가 어제 엄마한테 망설이다가 했던 말은 이런 거였다.

"혼자 엘리베이터 타기 진짜 무서워 죽겠어. 우리 1층으로 이사 가면 안 돼요?"

'안 돼요?'라고 눈치 보며 존댓말까지 했다. 엄마는 은결이를 이상한 눈으로 바라보았다.

"너 어떻게 된 거 아니냐? 엘리베이터가 무섭긴 뭐가 무서워? 엘리베이터가 널 잡아먹기라도 한다든? 진짜 살다 살다 별 희한한 말을 다 들어 보네. 말 같지 않은 말 하지도 마!"

그나마 남아 있던 정나미가 뚝 떨어져 버렸다. 고민 고민 하다가 용기 내어 한 말이었는데……. 엄마에게 너무 많은 말을 한 거다. 후회가 되었다.

은결이네 집은 15층 맨 꼭대기. 하지만 은결이는 1층에서 서성거릴 때가 많다. 엘리베이터를 탈 사람이 올 때까지……. 사람이 없을 때는 혼자서 타느니 차라리 걸어서 올라간다. 하지만 하루에도 몇 번씩 15층까지 오르락내리락 걸어 다닐 수는 없는 일이다. 매일 다니는 학교와 수많은 학원. 무슨 수를 쓰긴 써야지 힘들어서 죽을 지경이다. 엘리베이터를 타지 않고 계단으로 걸어 다닌 걸 따져 보면 아마 지구 반 바퀴는 될 거다.

'아~, 난 왜 이 모양이지? 왜 이렇게 못났을까? 전에는 혼자서도 탔는데……'

끼익!

신호등 앞에서 갑자기 차 속도가 줄어드는 바람에 몸이 앞으로 출렁거렸고 학원 가방이 바닥으로 떨어졌다. 은결이는 가방을 들어 먼지를 툭툭 털었다. 지퍼 손잡이에 달려 있는 뼈다귀 모양의 은색 개 목걸이가 출렁거렸다. 밍키 거였다. 벌써 7년이나 지난 개 목걸이였지만 그렇게 낡아 보이지는 않았다. 밍키가 죽고 난 이후로 은결이가 계속 가지고 다니는 거다. 화장실 사건과 밍키가 분명 어떤 관계가 있을 텐데 그게 잘 생각나지 않는다. 뭔지 모르겠지만 그 사건 이후로 은결이는 개라면 새끼 강아지도 질색이다. 할머니네 다롱이도 마찬가지다.

"아휴, 또 시작이네. 정말 이상하단 말이야."

엄마의 신경이 또 바늘처럼 곤두섰다. 갑자기 휙, 뒤를 돌아보았다. 단발머리가 출렁거렸다.

'또 시작이군.'

엄마는 하루에도 몇 번씩 뭔가가 머리카락을 잡아당긴다고 했
다. 그걸 확인하려고 뒤를 돌아다본다.

'쳇, 웃기지도 않아. 이상한 말을 하는 게 누군데. 내가 하는 말
에는 콧방귀도 안 뀌면서……. 내가 미쳤지. 어제 엄마한테 왜 그
런 말을 했을까. 약점이나 잡힐걸.'

위~잉 척. 와이퍼가 갑자기 멈춰 버렸다.

"어? 저게 왜 안 움직이지?"

"엄마가 껐으니까 안 움직이지."

소리가 픽 웃었다.

"아~니. 난 손가락도 안 댔는데."

엄마의 떨리는 목소리가 빗소리보다 작게 들렸다.

"그럼……, 귀신이 그런 거랬어!"

소리가 코를 살짝 쳐들고 의기양양하게 말했다.

"누가 그러든?"

엄마가 말했다.

"유치원 친구가."

"……."

"착한 귀신은 소리를 먼저 낸대. 몸을 먼저 보여 주면 사람들이
놀라서 뒤로 자빠질까 봐."

"으이그, 어디서 그런 엉뚱한 말은 듣고 와서……."

은결이는 소리 머리를 콩 쥐어박았다.

"왜 때려! 이씨~ 무서워서 화장실 문도 못 닫는 겁쟁이 주제에."

"뭐라고?"

은결이는 소리 머리를 한 대 더 쥐어박았다. 소리가 그걸 어떻게 알고 있을까?

"엄마한테 다 이를 거야."

"너……, 엄마한테 말하면 알지?"

소리를 향해 다시 한번 눈을 치떴다. 소리와 은결이가 뒷자리에서 소란을 떨고 있는데도 엄마는 쥐 죽은 듯 조용했다. 안경테만 만지작거리고 있었다. 소리와 은결이도 덩달아 안경테를 만지작거렸다. 식구 네 명 중에서 아빠만 빼고 세 명은 모두 안경을 끼고 있다.

빗줄기가 거세졌다. 앞이 보이지 않을 정도였다. 조금 있으니 차가 터널 안으로 쑤욱 빨려 들어갔다. 순식간에 창밖이 고요해지고 밝아졌다. 완전히 다른 세상처럼. 하긴 다른 동네이긴 하다. 터널을 경계로 학원 쪽은 서울이고, 집 쪽은 경기도니까.

터널 안으로 들어오자 갑자기 은결이는 머리가 띵하면서 메스꺼워졌다. 속에서 신물이 올라왔다.

'빨리 터널 바깥으로 나갔으면 좋겠어.'

구역질이 올라왔다. 눈을 감았다. 어지러웠다. 꿀꺽, 침을 삼켰다. 조금만 참자. 엄마한테 말해 봤자 이상한 소리나 들을 게 뻔했다. 차라리 말을 안 하는 게 낫지.

엄마의 구닥다리 자동차가 긴 터널을 통과해서 밖으로 나왔다. 살 것 같았다. 가슴이 답답하고 숨이 가쁘다가 어지러워지는 증상이 이제는 터널 안에서도 생기는 것 같다. 큰일이다. 쥐 죽은 듯 가만히 있던 와이퍼가 그제야 방정맞게 움직이기 시작했다. 창밖은 다시 어두워졌고, 빗줄기도 다시 창을 세차게 때리기 시작했다.

"하늘이 왜 이 모양이야? 비가 왜 이렇게 쏟아져? 날씨는 또 왜 이 모양이야? 바보같이……."

엄마는 쉴 새 없이 툴툴거렸다.

은결이는 머리를 창에 기댄 채 간신히 밖을 내다보고 있었다. 여전히 속이 울렁거리고 메스꺼웠다. 그때 창밖으로 뭔가가 보였다.

저게 뭐지? 찻길과 인도 사이에서 서성대는 희끄무레한 물체.

빠~앙! 빵빵! 엄마가 울리는 자동차 경적 소리가 귀청을 때렸다. 엄마는 손으로 운전대를 세게 내리치며 소리쳤다.

"어휴~정말, 이것들이!"

"송미라 씨, 화내지 마."

소리가 엄마 눈치를 보며 중얼거렸다.

3. 보였다가 안 보였다가

_ 송미라 씨

"어휴~ 정말, 저것들이……. 아주 날 못 잡아먹어서 안달이네."

송미라 씨는 다시 한번 경적을 힘껏 눌렀다.

빠~~~앙!

"이런 날은 방구석에 납작 엎드려 처박혀 있을 일이지, 왜 개나 소나 할 것 없이 집 바깥으로 뽈뽈거리며 싸돌아댕기는 거냐고!"

우회전을 하려고 막 핸들을 틀려던 참이었다. 흰색 강아지 한 마리가 찻길 위에서 서성대고 있었다. 너무 놀라 경적을 울려 댔다. 이런 날 강아지라도 치었다면…….

"주인은 대체 뭐 하는 거야! 비 오는 날 저렇게 도로 위를 다니도록 놔두게!"

화가 나서 툭 내뱉고 보니 안쓰럽다는 생각이 들기도 했다. 빗속

24

에서 갈 길을 몰라 서성대는 길 잃은 강아지. 슬쩍 뒷자리에 앉아 있는 아이들 눈치를 보았다. 다행히 아무런 표정 없이 창밖을 보고 있었다.

'요즘 내가 말을 너무 함부로 하는 것 같긴 해. 그런데 은결이만 보면 왜 화가 이렇게 치밀어 오르는지 모르겠어. 사내 녀석이 답답하단 말이야. 중학생이나 됐으면서 말도 똑 부러지게 못하고. 뭔가하려다가도 금세 시무룩해지고. 항상 머뭇거리기나 하고. 융통성도 없지, 결단력도 없지. 지 앞가림 하나 제대로 하는 게 있어야지. 요새는 뭐가 그렇게 불만인 건지 늘 우거지상을 하고 다니잖아. 길바닥에 뭘 떨어뜨렸나, 허구한 날 바닥만 내려다보며 걷고. 이걸할 거니? 하면 저거 하고, 저거 할 거니? 하면 이거 하고. 어제 한 말은 또 뭐야? 뭐가 무서워서 1층으로 이사를 가자고 하는 거야? 엘리베이터가 무섭다니. 뭔 귀신 씻나락 까먹는 소린지.'

귀신 씻나락 까먹는 소리⋯⋯.

어제 할머니가 송미라 씨에게 했던 말이었다.

"엄마, 해가 떨어지는 어두컴컴한 시간에 꼭 머리카락을 누가 잡아당긴다니까요."

"미라야, 뭔, 구신 씨나락 까먹는 소리여!"

"귀신 같은 게 정말 있을까나? 요새 자꾸 운전하면서도 무섭네."

"쯧쯧, 어려서도 그리 무섭증이 있더니만 다 커서도 그러네. 니가 지금 몇 살이냐? 어렸을 때는 그렇다 치고 지금은 애들마냥 뭔

구신 타령이여."

"어렸을 때 내가 무섬증이 많았나? 기억이 안 나는데……."

뭔가가 형체 없이 불쑥 떠올랐지만 안개처럼 다시 아득해졌다.

"몇 살 때였든고. 불 끄지 말라고 밤마다 울었어야. 그때는 왜 고
렇게 울어쌌는지 원……. 해코지허는 산 사람이 무섭지, 죽은 구신
이 뭐시 무서워. 있다고 생각하면 있고, 읎다고 생각하면 읎는 것
이여. 고런 것들은 사람 마음먹기 따라서 보였다가 안 보였다가 허
는 거랑게. 요 사람 마음속이 문제여! 마음속이."

"머릿속에 흙탕물을 잔뜩 뒤집어쓴 것만 같아요. 도대체 하루도
머리 개운한 날이 없단 말이야. 항상 답답해……. 엄마는 좋겠수.
얼마나 속이 개운하면 이름이 달맑이유."

송미라 씨는 한숨을 내쉬었다.

"히히, 이름 한번 겁나게 좋긴 허지. 니 외할아버지가 내 이름을
어째 고로코롬 지었나 몰러. 임달맑."

"달빛이 하도 맑은 날 태어나서 그렇게 지었다면서요."

"그려. 달빛이 오지게 맑아서 임달맑이여. 근디 말이여. 생각해
보니께…… 구신이 말이여. 나를 도와준 적도 있긴 있었어야. 지금
생각해 보면 알다가도 모를 일이긴 혀. 꿈인 것 같기도 하고, 생시
인 것 같기도 하고."

"뭔 말이에요? 귀신 같은 거 없다면서……."

"그게 뵀다가 안 뵀다가 허는 거랑게. 내가 열 살쯤 되었을 것이

구먼. 뒷산에서 나물을 뜯고 있는디 어떤 아줌씨가 헐레벌떡 옴시롱 나더러 빨리 내려가라고 소리를 치더랑게. 하도 안달복달하기에 달음박질을 쳐서 산에서 내려왔는디 아, 글씨 조금 있다가 산에 불이 난 겨. 그 아줌씨가 아니었으면 난 거그 산에서 아주 골로 갔을 것이구먼. 아줌씨가 나를 구해 준 것이지. 근디, 알고 보니께 말이시. 그 아줌씨가 글씨 말이여……. 아니여, 아녀."

할머니는 손사래를 치며 말했다.

"뭐가? 뭐가 아니란 말인데요?"

"그랑께, 고것이 말이여……. 됐다."

"되기는 뭐가 돼요? 나 답답해서 죽는 꼴 보고 싶어요? 빨리 말해 봐요. 얼른!"

"고것이 말이여. 그 아줌씨가 말이시. 이미."

할머니는 손바닥을 펴서 목을 스윽, 긋는 시늉을 하며 슬며시 송미라 씨 눈치를 보았다.

"고 며칠 전에 황천길 가신 분이었더란 말이시. 헐레벌떡 산을 내려오고 나서야 그때 알은 거여."

"엄마! 나한테 그런 말 왜 하는데! 귀신 때문에 무섭다는 딸내미한테. 정말 도움이 안 된다니까."

"말 안 한당께 니가 하라믄서. 안 헐라고 혔는디……. 지가 억지로 시켜 놓고서는……."

할머니는 부루퉁한 얼굴이 되었다.

그런 거짓말이 어디 있냐고 펄쩍 뛰었지만 송미라 씨는 등골이 오싹했다.

4. 차마 할 수 없는 그 말

_ 눈깜빡이

눈을 몇 번 더 깜빡이고 다시 발밑을 내려다보았다.

역시 몸에는 빗방울 하나 묻지 않았다.

―어라, 어떻게 된 거야?

몸이 둥둥 떠서 하늘 위로 올라가고 있었다. 헉, 입이 다물어지지 않았다. 발밑으로 보이는 병원 간판이 번쩍거렸다. 눈이 부셨다. 이리저리 몸을 살펴보았다. 병원에서 입는 환자복을 입고 있었다. 잠옷처럼 헐렁한 옷이었다. 몸은 병원 옥상 위로 천천히 올라가고 있었다. 보이지 않는 어떤 힘이 끌어올리고 있었다.

도로 위를 달리고 있는 자동차들이 발밑으로 보였다. 건물 밖으로 흘러나오는 불빛들이 빗물에 번져 빛나고 있었다. 멀리 어둠에 묻혀 있는 산도 보였다. 비가 억수같이 쏟아지고 있었다.

−죽은 건가 봐⋯⋯.

밑을 내려다보니 아득했다.

그러니까, 진짜로 죽은 게 확실한 것 같았다.

시원하기도 하고, 억울하기도 하고, 섭섭하기도 했다.

−왜 내가 하필 죽었을까⋯⋯?

아무리 생각해도 기억나는 게 없었다. 발밑은 완전히 다른 세상처럼 보였다. 몸은 가벼웠다. 한동안 물속에서 수영을 하듯 팔랑팔랑 하늘 위로 올라갔다. 누군가 나를 기다리고 있는 것 같아. 불안했던 마음이 사라지고 편안해졌다. 그때였다. 발밑이 팽팽하게 잡아당겨졌다. 이상했다. 마음 한구석이 다시 무거워졌다.

−뭔가 놓고 온 것 같은데⋯⋯.

더 이상 위로 올라갈 수 없었다. 어떤 힘이 밑에서 잡아당기고 있었다. 밑으로 천천히 내려와야 했다. 밑으로, 밑으로 내려간 곳. 아주 어두운 곳이었다. 비는 여전히 퍼붓고 있었다.

−여기가 어디지?

주위를 둘러보았다. 작은 언덕들이 봉긋봉긋 솟아 있었다. 자세히 보니 그건 무덤들이었다. 풀들이 빼곡히 자라난 무덤도 보였고, 흙이 그대로 드러나 있는 무덤도 보였다.

−내가 왜 여기로 온 걸까?

어리둥절했다. 신기하게도 몸은 말캉말캉 가벼웠다.

살짝 올라갔다가 살짝 내려갔다가, 다시 떠올랐다가 가라앉았다가······.

─난 병원에 있었던 걸까? 몸뚱이는 아직도 병원에 있는 걸까? 아니면 벌써 땅 속에 묻힌 걸까?

무덤 앞에 있는 국화꽃을 들어 보았다. 손에 들리지 않았다. 아무것도 손에 잡히지 않았다. 황당하기도 했고, 놀랍기도 했고, 조금은 슬픈 것 같기도 했다. 가벼워진 몸으로 날아다닐 때에는 조금 상쾌한 것 같기도 했지만 도무지 종잡을 수 없는 기분이었다.

─나는 누구였을까? 어떤 아이였을까? 내 이름은 뭐였을까?

가슴 한쪽이 짜르르 아파 왔다. 누군가 나타나서 금방이라도 '넌 누구니?'라고 물어볼 것만 같았다. 자신도 모르게 오른손 엄지손톱을 잘근잘근 물어뜯기 시작했다. 눈을 깜빡거리기 시작했다. 그때 좋은 이름 하나가 떠올랐다.

눈깜빡이. 눈 깜빡할 사이에 죽었으니 눈깜빡이가 딱이야.

자꾸자꾸 생각해 봐도 이름 하나는 잘 지은 것 같았다. 눈깜박이는 무덤가에 혼자 앉아 있었다. 주위는 깜깜했고, 아무도 없었고, 비바람만 몰아칠 뿐이었다. 빈집에 혼자 있는 아이처럼 갑자기 쓸쓸해졌다.

멍하니 앉아 있는데 뭔가 반짝거리는 게 보였다. 무덤가에 피어 있는 보라색 꽃. 종처럼 생긴 모양이있는데 고개를 푹 수그리고 있었다. 가까이 다가갔다. 장대비가 쏟아지고 있었지만 그 꽃은 젖어 있지 않았다.

-너도 안 젖었니?

보라색 꽃에게 말을 걸었다.

-응. 난 젖지 않아. 너도 마찬가지네. 만나게 되어 반가워. 여기
이 자리에 있은 지도 한참 됐지만 아무도 나에게 말을 걸어 주지
않았어.

눈깜박이는 자기 말에 대답해 준 꽃이 정말 좋았다.

-그래? 네 이름은 뭐니?

눈깜박이가 꽃 앞에 쪼그려 앉으며 물었다.

-없어.

-나도 없었는데.

-아무도 없으니까 난 이름 같은 거 필요 없어.

-이제는 내가 네 옆에 있잖아.

보라색 꽃은 눈깜박이를 물끄러미 쳐다보았다.

-꽃은 말이야, 땅이 예쁜 꿈을 꿀 때 나온 거래.

어디서 이런 말이 튀어나왔을까.

-정말? 땅이 예쁜 꿈을 꿀 때 내가 나온 거라고?

보라색 꽃은 몸을 흔들며 활짝 웃었다.

-누구한테 들었는지는 기억나지 않아. 너를 보니까 갑자기 생각
났어.

-생각나서 다행이야. 내가 여기 있게 된 이유를 알게 되었으니
까.

─이제부터 널 꽃별이라고 불러도 될까? 네 꽃잎이 너를 별처럼 환하게 만들어 주고 있으니까 말이야.

─좋아, 좋아. 꽃별이라…….

꽃별은 꽃별처럼 웃었다. 눈깜박이는 꽃별이 자기 이름을 언제 물어보나 눈을 깜빡이며 기다렸다. 오른손 엄지손톱을 물어뜯으면서 가만히.

─그럼 너도 이름이 있어?

눈깜박이는 기다렸다는 듯이 팔짝 뛰어올랐다가 꽃별 주위를 뱅그르르 돌았다.

─그럼, 그럼. 있지. 난, 눈! 깜! 빡! 이!

─와, 정말 예쁜걸. 네 눈이 밝게 빛나니 그 이름이 아주 잘 어울려.

눈깜박이는 꽃별의 꽃잎을 슬며시 만져 보았다. 부드럽고 촉촉한 꽃잎이 만져졌다. 꽃별도 죽은 꽃일까? 아까 국화꽃은 손으로 만질 수 없는데 이 꽃은 이렇게 만질 수 있잖아. 비에 젖지도 않아.

눈깜박이는 꽃별에게 그 말은 차마 할 수가 없었다.

너도 죽었냐는 그 말은.

5. 매미 허물

_ 은결이

집은 잘 찾아갔을까?

터널을 나오자마자 빗속에서 떨고 있던 흰색 강아지.

찻길에서 혼자 얼마나 무서웠을까.

이리 가지도 못하고 저리 가지도 못하고 쩔쩔매고 있었다.

일곱 살 때 화장실 사건 이후로 은결이는 개라면 질색이다.

무슨 이유가 있을 텐데 기억이 잘 나지 않는다.

밍키가 그즈음 하늘 나라로 갔다는 것만 빼고는 안개 속이다.

조금 전에 본 강아지는 요즘 은결이 기분이랑 똑같아 보였다.

발밑이 온통 지뢰밭 같은 기분.

요즘 은결이는 지뢰밭을 걷고 있다.

길은 항상 은결이를 힘들게 한다.

은결이는 길 위 어딘가를 계속 떠돌아다닌다.

학교 가는 길.

학원 가는 길.

무엇을 배우러 가는 길.

길. 길. 길.

은결이는 정말 길길이 날뛰고 싶다. 차멀미까지 한 뒤라서 아직까지 미식거리고 머리가 지끈거려 죽겠다. 어제 엄마는 뭔가를 또 배워야 한다고 했다. 이번에는 역사 교실이란다. 좋은 대학에 가려면, 선택의 폭을 넓히려면, 꼭 한국사도 배워야 한단다. 엄마 십팔 번 또 나왔다. 검정고시로 고등학교를 졸업했다는 말, 외할아버지가 갑자기 돌아가셔서 돈을 벌어야 했기 때문에 공장에서 힘들게 일했다는 말, 좋은 대학에 가야 월급 제대로 받고 엄마 아빠처럼 고생 안 한다는 말. 귀에 못이 박혔다. 미치겠다. 언제 적 이야기인데 매일 저 스토리로 나를 힘들게 하는지.

꿈속에서도 은결이는 어딘가를 향해 끝없이 걷기만 한다.

우주 끝 어둠 속.

숨이 막힐 것 같은 깊은 바닷물 속.

아니면 컴컴한 동굴.

어딘가를 향해 계속 걷는다. 걷다 보면 나오는 건, 항상 오도 가도 못하는 막다른 길. 뒤돌아보면 다시 막다른 길. 은결이는 딱 거기서 주저앉는다. 벽들은 은결이를 향해 돌진해 온다. 숨이 가빠진

다. 쓰러진다.

어떤 날은 물속에 갇히는 꿈을 꾸기도 한다. 배를 타고 가다가 배가 가라앉는다. 배에서 간신히 나와 수영을 하는데 쥐가 난다. 발을 움직일 수 없다. 몸은 점점 물 아래로 떨어진다. 천천히, 끝도 없이 추락한다. 버둥거려 보지만 팔다리를 꼼짝할 수 없다. 숨이 막혀 온다. 컥, 마지막 숨을 토해 내며 심장은 멈추고 몸은 자꾸 아래로 내려가고 이내 차가워진다.

이런 꿈을 꾼 날은 온몸이 물에 젖은 솜처럼 무겁다. 머리도 아프다.

영어 학원 때문에 서울까지 다녀오는 날은 최악이다. 은결이는 영어 같은 거는 관심도 없다. 공부 자체가 싫다. 은결이가 뭘 좋아하는지 엄마는 모른다. 알려고도 하지 않는다. 엄마가 행복대교를 건널 때면 늘 입버릇처럼 하는 말이 있다. 빨리 서울로 이사를 가야겠다고.

은결이가 살고 있는 동네 이름은 행복동이다. 그래서 다리 이름도 행복대교다. 하지만 은결이는 행복대교를 건너갈 때마다 더 큰 불행 속으로 들어가는 것만 같다. 영어 학원이 있는 서울에서도 불행하지만 집이 있는 행복동에서는 더 불행하다. 일주일에 3일, 은결이는 불행과 더 큰 불행 속을 왔다 갔다 했다.

엄마는 영어 학원에 데려다주는 일이 힘든 일이라고 생색을 낸다. 소리가 은결이를 따라간다고 떼를 써서 소리까지 데리고 갔다 오면 엄마는 파김치처럼 축 처진다고 말한다. 파김치처럼 축 처지는 건 엄마보다 오히려 은결이가 더 그렇다. 당연히 은결이도 파김치가 되는 건 싫다.

엄마는 은결이더러 판사가 되라고 한다. 기가 막힌다. 누구 죄를 캐서 벌을 주는 건 은결이 적성이 아니다. 은결이는 모으는 게 취미다. 아직 아무한테도 보여 주지 않았지만 침대 밑에는 종류별로 모아 놓은 피규어들이 있다. 1차로 모아 놓는 곳은 책꽂이 위 비밀 상자다.

집에 오자마자 은결이는 터덜터덜 방으로 들어갔다. 방문을 한 뼘 정도 열어 두는 것도 잊지 않았다. 혹시 닫힐까 봐 작은 공책을 문 사이에 끼워 두었다. 요즘은 방문이 닫히는 것도 무섭다. 방바닥에는 색종이, 가위, 크레파스가 어질러져 있었다.

"할머니! 내 방에 소리 들어왔었어?"

얼른 의자를 놓고 올라가서 책꽂이 위를 살펴보았다. 비밀 상자도 종이컵도 그대로 있었다. 종이컵을 조심스럽게 꺼내 방바닥 위에 놓았다. 조심조심 컵 안에 있는 매미 허물을 꺼냈다.

"뭐야, 이거. 다리가 부서졌잖아. 이걸 그냥!"

소리가 만진 게 확실했다. 부서진 매미 허물을 보니 화가 치밀어 올라왔다. 얼마나 아끼던 거였는데……

며칠 전 아파트 화단에서 우연히 발견한 거였다. 덩굴 잎사귀에

37

투명한 곤충이 매달려 있었다. 가까이 다가가도 그 곤충은 가만히 있었다. 자세히 보니 매미가 벗어 놓은 허물이었다. 매미 허물은 피규어처럼 딱딱하게 굳어 있었다. 다리털과 배에 있는 주름, 뾰족한 입까지 진짜 매미처럼 완벽했다. 은결이는 매미 허물을 조심조심 집으로 가져왔다.

은결이도 허물 벗는 매미처럼 완전히 새롭게 살고 싶었다. 5년을 훨씬 넘게 땅속에서 애벌레로 살다가 땅 밖에서 열흘쯤 살고 죽는다는 불쌍한 매미. 열흘을 사는 건 너무 짧은 것 같긴 하다. 매미 허물을 종이컵에 넣어 비밀 상자 옆에 두었는데 은결이가 없는 사이에 소리가 매미 허물을 만진 게 틀림없었다. 다리가 모두 여섯 개였는데 이제는 달랑 두 개만 남아 있다. 부글부글 머리가 끓어오른다.

"고것이 뭐다냐?"

할머니는 비밀 상자와 종이컵을 힐끔 보며 물었다.

"매미 허물도 몰라? 할머니는?"

"으응, 매미? 살아 있는 것도 아니고 매미가 버리고 간 껍데기 아니여. 다리만 바시라졌구먼, 뭐. 쓸 만허겄다. 소리 아픈디 쪼까 봐줘라잉."

"할머니는 맨날 소리만 봐주래. 이거 숙제로 가져가야 한단 말이야!"

할머니는 소리가 매미 허물을 만진 것도, 매미 다리가 바스러진 것도 이미 다 알고 있었던 거다. 모른 척하고 있었던 거다. 맨날 피해를 보는 건 은결이다.

"몰라! 할머니가 책임져!"

은결이는 소리 편을 드는 할머니한테 심통을 부리고 방에서 나왔다. 소리 이걸 그냥.

"구소리! 어디 있어?"

"은결아! 소리 냅두라니께. 저녁이나 묵자! 소리야! 밥 묵게 나온나!"

"엄마, 쌀밥은 몸에 안 좋다니까요!"

엄마는 식탁에 앉자마자 투덜댔다.

"그래도 미역국에는 허연 쌀밥이 제맛이랑께. 오늘이 니 생일이 잖여."

"제 생일이었어요?"

"지 생일도 모르고. 뭔 정신으로 사는 건지, 원."

"할머니, 난 미역국 안 먹어!"

은결이는 의자에 앉으며 미역국을 멀리 밀어 놓았다.

"소리야! 소리야! 언능 나온나. 할미가 소리 좋아하는 미역국 끓였응께!"

"할머니, 난 돈까스 해 줘."

할머니가 소리만 챙기는 것 같아 은결이는 돈까스를 해 달라고 투정을 부렸다.

"돈까스 몸에 안 좋은디…… 알겄다. 알았응께 쪼까 기다려라 잉."

할머니는 은결이에게 윙크 한 방을 날리고 다시 부엌으로 가서 돈까스를 튀기기 시작했다. 할머니가 가끔 윙크를 날리면 은결이는 기분이 좋아진다. 하지만 지금은 별로다. 소리가 기침을 하며 식탁에 앉았다.

"너! 내 매미 만졌지?"

은결이는 도끼눈을 뜨고 소리를 째려보았다.

"아~니!"

"아니긴 뭐가 아니야? 내 매미 다 망가졌는데."

"매미가 어딨어? 매미 껍데기지. 참……, 내가 만진 거 아닌데……."

소리는 얼른 자기 입을 손으로 가렸다.

"이걸, 그냥……."

이번엔 진짜, 머리통을 날리지 않으면 내가 돌아 버리겠어. 은결이는 소리를 향해 있는 힘껏 손을 뻗었다.

6. 나도 젖은 빨래라고!

_ 송미라 씨

은결이가 손을 뻗더니 순식간에 소리 머리를 한 대 쥐어박았다.

으아~앙, 소리가 울음을 터뜨렸다.

저것들이 그새를 못 참고 또 쌈박질이다.

드디어 송미라 씨 인내심이 폭발했다.

"조~용~히~ 못 하겠어! 구은결! 너 왜 동생 때리는 거야?"

은결이는 씩씩거리며 소리를 노려보았다.

"넌, 중학생이나 돼서 유치원 동생하고 쌈질이나 해야 되겠어?"

송미라 씨는 여러 가지로 못마땅하다. 송미라 씨가 중학교 2학년
이었을 때는 집안 걱정에 돈까지 벌었었다. 어쩜 저렇게 철이 없을
까. 한숨이 저절로 나왔다.

할머니는 돈까스를 식탁에 올려놓으며 잔소리를 또 시작했다.

"뭔 놈의 영언가 뭐신가를 고로코롬 멀리까지 가서 배운다냐? 여그는 학원이 읎어?"

"여기 학원은 실력 있는 선생이 없단 말이에요. 원어민 선생도 없고."

"뭐시? 워너민?"

"엄마! 학원 갔다 와서 피곤하니까 말 좀 그만 시켜요. 조금 있다가 비 좀 그치면 집에 모셔다 드릴게요."

송미라 씨는 밥을 먹는 둥 마는 둥 하고 안방으로 들어갔다. 침대 옆에 있는 컴퓨터 책상으로 가서 모니터를 켰다. 홈페이지 '소리네 옷방'을 들여다보았다. 아침에 하던 일을 마저 끝내야 했다.

"조회 수는 좀 있는데 주문하는 사람은 별로 없네."

아침에 하늘색 윗옷과 청바지를 홈페이지에 올려놓았지만 주문 건수가 한 건도 없었다.

'월요일까지 영어 학원비도 내야 하는데……. 간신히 학원비 마련해서 보내 놓으면 시험이나 잘 볼 일이지. 시험은 발가락으로 보나. 점수는 엉망이면서 동생하고 아웅다웅 투닥거리기나 하니.'

요즘은 이곳저곳 쇼핑몰들이 많이 생겨나면서 운영하는 게 점점 힘들어졌다. 매출도 뜸할 뿐만 아니라 관리하는 데 여간 공을 들여야 하는 게 아니었다. 그때, 머리카락이 따끔거렸다. 정수리 위쪽. 기분이 또 이상야릇해졌다.

"또 시작이네."

하던 일을 멈추고 거울을 들여다보았다. 머리카락은 그 자리에 잘 붙어 있었다. 기분은 나빴지만 다시 컴퓨터 앞에 앉았다.

"내가 너무 예민해진 거야. 비타민이라도 챙겨 먹어야겠어."

빗줄기가 점점 굵어지고 있었다. 홈페이지에 올려놓은 옷들을 정리하고 위치를 바꾸고 새 옷을 올리느라 시간 가는 줄 몰랐다.

"미라야, 이제 가야겠는디."

"엄마, 비가 점점 더 많이 오는데……."

"하늘에 빵꾸가 났다냐. 뭔 놈의 비가 요로코롬 쏟아진다냐."

사실, 송미라 씨는 비도 많이 오는 데다가 밤이 깊었고 아이들만 놔두고 다녀오는 게 마음에 걸렸다.

"오늘은 여기서 주무시고 가면 안 돼요? 어차피 내일 아침 일찍 또 와야 하잖아요."

"내일, 또 와야 되냐?"

"내일 아침 일찍 옷 사러 시장 가야 한다고 말씀드렸잖아요."

"아, 그런다고 했지."

"그냥 여기서 주무시면 안 돼요?"

"아침에 깜빡하고 다롱이 밥을 안 주고 나왔어야. 내가 밥을 안 주면 우리 다롱이가 쫄쫄 굶어야 혀. 요새 다롱이가 아퍼야."

"강아지 키우기 안 힘들어요? 누구 줘 버리든가."

"언능 가자! 말 못허는 짐승이라고 함부로 말허믄 못써야."

할머니는 벌써 옷을 챙겨 입고 문 앞을 나섰다. 할 수 없었다. 딸내미보다 그 강아지가 더 중요하냐고 말하고 싶었지만 참았다.

"은결아! 은결아!"

동생 잘 보고 있으라는 말을 하려고 불렀는데 대답이 없다.

"은결이, 소리 둘 다 지금 곯아떨어졌당께. 내내 학원 갔다 왔는디 을매나 피곤허겠냐. 빨랫줄에 널어놓은 젖은 빨래 같당께. 중학생밖에 안 된 것을 뭘 갈친다고 서울까지 가서 고로코롬 싸돌아댕기는지, 원."

"엄마! 나도 푹 삶아진 젖은 빨래란 말이에요! 힘들다고요!"

위이~잉!

휴대폰이 울었다.

"여보세요? 네, 재구 엄마. 뭐라고요? 그게 정말이에요? 한준이가요? 저런……. 언제요? 아이고, 이를 어째. 네 알겠어요."

7. 저 아줌마가 엄마 아닐까?

_ 눈깜빡이

갑자기 얼굴도 모르는 엄마가 생각났다.

엄마의 냄새.

시큼하면서도 달콤하고, 고소하면서도 맵싸한 냄새.

따뜻하면서도 시원한 바람의 냄새.

그런 것들이 떠올랐다.

엄마……. 엄마를 생각하니 왜 눈물이 나오려고 하지?

갑자기 어떤 장면이 눈앞에 떠올랐다.

기다란 담장.

작은 나무둥치.

그 위에 앉아 바라보던 철문과 철문 너머로 번지는 노을.

그 순간 목이 답답해졌다. 목에서 뜨거운 기운이 차올랐다. 눈앞에 떠올랐던 장면들은 순식간에 흩어졌다.

–눈깜빡아. 네 목에서 뭔지 모르겠는데 빛이 나와. 붉은색이야.

꽃별이 놀라며 말했다.

–그래? 내 목이 답답한 게 아마 이것 때문인가 봐.

왜 이곳에 왔는지 아무리 생각해 봐도 기억나지 않았다. 꽃별을 환자복 윗주머니에 살며시 꽂았다. 바로 그때 털털거리는 작은 흰색 자동차가 멀리서 비를 맞으며 달려오고 있었다.

–와, 진짜 오래된 차네. 어떻게 저런 차가 움직이지?

–그러게.

자동차는 점점 이쪽으로 오고 있었다. 차 안 어딘가에서 붉은 빛이 흘러나오는 게 보였다. 그 빛은 운전석에 앉아 있는 어떤 아줌마 목 주위에서 흘러나오고 있었다. 휙 스쳐 지나가는 자동차에 타고 있던 아줌마는 단발머리에 동그란 안경을 끼고 있었다. 아줌마는 눈을 잔뜩 찡그리며 운전하고 있었다.

–저 아줌마도 너랑 똑같은 빛이 나오네.

꽃별은 윗주머니에서 목을 내밀고 자동차의 뒤꽁무니를 물끄러미 바라보았다.

–우리 저 아줌마한테 가 보자!

눈깜빡이는 털털거리며 달려가는 자동차를 따라 꽃별과 함께 날아갔다.

쌩, 하고 날아가는 기분이 아주 좋았다.

그때 번쩍! 번개가 쳤다. 천둥이 울었다.

8. 흰머리 귀신

_ 송미라 씨

'저런, 한준이가……. 베란다 쪽 풀밭에서…….'

번쩍! 번개가 쳤다.

우르르릉 쾅! 천둥이 울었다.

순간, 송미라 씨는 두 눈을 꼭 감고 말았다.

빠앙~~빵! 빵!

경적에 놀라 정신을 차려 보니 어느샌가 자동차 한 대가 달려드는 게 보였다.

끼익!

순간적으로 핸들을 틀었다. 브레이크를 밟았다. 온몸이 앞으로 쏠렸다. 핸들에 머리와 가슴팍이 부딪혔다. 구부러진 길이라 반대편에서 오는 차를 보지 못했다. 비스듬히 멈춘 자동차에서 불빛이 강렬하게 쏟아졌다. 눈이 부셨다. 창문 사이로 남자 얼굴이 하나 튀어나왔다. 그 남자는 악을 써 대며 손가락질을 했다.

"아줌마! 정신이 있어, 없어? 하마터면 사고 날 뻔했잖아. 비도 오는데 차는 왜 끌고 다녀? 운전 똑바로 하고 다니란 말이야!"

송미라 씨는 하도 어이없어 창문을 내렸다.

"뭐…… 뭐라고요? 지금……."

송미라 씨가 무슨 말을 하기도 전에 앞에 있던 차는 부르릉거리더니 신경질적으로 지나갔다.

'분명히…… 불빛을 보긴 봤는데……. 내가 왜 브레이크를 밟지 않았을까?'

송미라 씨는 핸들을 꽉 잡고 멍한 얼굴로 차를 천천히 출발시켰다. 할머니를 집에 모셔다 드리고 오는 길. 이 길이 좁고 꼬불거리기는 해도 큰길보다 몇 배는 빠른 지름길이었다. 그래서 할 수 없이 이 길로 자주 다녔다. 하지만 두 대의 차가 길 모퉁이에서 만나게 되면 무척 위험한 길이기도 했다. 종종 사고가 나기도 했다. 며칠 전에도 사고가 났다고 엄마들이 불안해하는 걸 들었다.

묘지 길.

'이 길로 오지 말걸.'

빗속에 젖어 가고 있는 묘지를 보자 왠지 등골이 오싹해지기 시작했다. 하지만 집에서 잠을 자고 있는 아이들을 생각하면 지름길로 빨리 가야 했다.

쏴아! 쏴아! 쏴아! 툭툭! 툭툭툭!

차 지붕을 때리는 빗소리가 아주 컸다. 와이퍼가 계속 움직이며 빗물을 닦아 내도 별 소용이 없었다.

'한준이 엄마 불쌍해서 어떻게 해…….'

천천히 속력을 올렸다. 뒤에서도 앞에서도 차가 오지 않아 주위는 아주 깜깜했다. 무덤들이 빗속에 줄을 맞춰 길게 누워 있는 게 흐릿하게 보였다. 무덤들 앞에 삐죽 솟아 있는 검은 비석들이 마치 죽은 사람의 손가락들처럼 보였다. 오싹했다. 머리카락이 또 따끔거렸다. 정수리 쪽 머리카락이.

바람이 길가에 늘어서 있는 버드나무의 긴 줄기를 흔들었다. 버드나무 줄기는 차 지붕을 기분 나쁘게 척, 척 두드렸다. 소름이 확 돋았다.

'이 길을 빨리 빠져나가고 싶어. 내가 왜 이렇게 마음이 약해졌을까? 아무 일도 일어나지 않아.'

그때였다. 정수리 쪽 머리카락이 또 따끔거렸다.

간질간질, 따끔따끔, 톡톡.

머리를 벅벅 긁었다. 피곤해서일까, 어깨가 무거웠다. 눈이 침침해서 손등으로 눈을 세게 문질렀다. 정신을 차리고 다시 눈을 번쩍 떴을 때였다. 길모퉁이에 서 있던 작은 버드나무가 달려들듯 눈앞으로 다가왔다.

"엄마야! 아이고, 놀래라!"

다행히 아무 사고 없이 묘지 길을 무사히 빠져나왔다. 공장들이 오른쪽에 있고, 무덤들은 왼쪽에 있는 길. 평소에는 별로 반갑지 않았던 '해송 장례식장'이라는 파란색 간판이 반갑기까지 했다.

"휴우, 다시는 이 길로 오지 말아야지."

집까지 혼자 오는 길은 정말 으스스했다. 비는 어느새 그쳐 있었다. 마음이 한결 가벼워졌다. 송미라 씨는 얼른 엘리베이터를 타고 숫자 15를 꾹 눌렀다. 오늘따라 엘리베이터 안이 이상하게 좁게만 느껴졌다.

"헬로우, 전화 왔습니다~ 헬로우, 전화 받으세요~ 빨리요~"

바지 주머니에서 전화벨이 울렸다. 소리 녀석이 벨 소리를 바꿔 놨나 보다.

"여보세요."

송미라 씨 목소리가 가늘게 떨렸다.

"어디야?"

휴대폰에서 남편 목소리가 들리자 조금 안심이 되었다. 하지만 아직도 집에 오지 않은 남편을 생각하니 짜증이 났다.

"집 앞."

남편은 지방에서 회사를 다니느라 2주일에 한 번씩 집에 왔다.

"당신은 2주일 만에 오면서 안 들어오고 뭐 하는 거예요?"

"거래처 사람 만나고 있어."

15층입니다. 엘리베이터가 말했다. 1504호. 문 앞에서 송미라 씨는 휴대폰을 어깨에 대고 열쇠를 찾았다. 그런데…… 없다. 바지 주머니에 넣어 두었던 열쇠가 감쪽같이 사라졌다.

"여보, 어떻게 해. 열쇠가 없어. 당신은 지금 어디야?"

뚜뚜뚜뚜.

전화는 이미 끊겨 있었다. 통화 버튼을 눌러도 받지 않았다.

'열쇠가 어디 있을까? 아까 엄마 짐을 내려 드리면서 문 앞에 떨어뜨렸나, 차 안에 떨어뜨렸나? 간신히 집에 왔는데 다시 돌아가야 하다니.'

집 안에서 자고 있는 아이들이 더 보고 싶어졌다. 다리에서 힘이 쫙 빠져나갔다. 할 수 없이 엘리베이터 버튼을 꾹, 눌렀다.

"아니야, 아니야. 도저히 그 길로 다시 갈 수는 없어."

지하 주차장이나 묘지 길로 갈 생각을 하니 영 기분이 좋지 않았다.

"은결아! 은결아!"

쾅쾅쾅, 문을 두드렸다. 초인종을 계속 눌러 댔다. 그래도 안쪽에서는 아무런 소리도 들려오지 않았다.

"은결아! 일어나! 엄마야, 엄마! 일어나라니까!"

"거, 무슨 일이요? 밤중에 예의도 없이!"

짜증이 잔뜩 묻어 있는 앞집 아저씨 목소리가 인터폰으로 들렸다.

"예, 예. 정말 죄송해요. 열쇠가 없어서……."

'진작 열쇠가 필요 없는 디지털 자물쇠로 바꿨어야 하는 건데.'

휴대폰을 열고 집 전화번호를 꾹 눌렀다. 은결이도 소리도 전화 벨 소리를 듣지 못하고 깊이 잠들어 있는 모양이었다. 주차장으로 는 다시 내려가고 싶지 않지만 다른 방법이 없었다.

할 수 없이 지하 주차장으로 후다닥 내려가서 차 문을 황급히 열 고 잠금장치를 꾹, 눌렀다. 실내등을 켠 다음 차 안을 샅샅이 뒤졌 다. 집 열쇠는 보이지 않았다. 할머니 집 앞에 떨어뜨린 모양이었 다. 떨떠름한 마음으로 차를 출발시켰다.

'큰길로 가자. 묘지 길로는 못 가겠어.'

하지만 큰길로 가면 항상 차들이 붐비는 대형 마트 앞을 지나가 야 하고, 찻길을 막고 공사하는 공장 앞을 지나가야 하고, 밤이 되 면 차들이 꽉꽉 막히는 먹자골목을 통과해 한참이나 돌아가야 했다.

'에라, 모르겠다. 그냥 묘지 길로 빨리 갔다 오자.'

무덤들이 희끗희끗 보이는 묘지 길로 다시 들어섰다. 이번에는 공장들이 왼쪽에 있었고, 무덤들은 오른쪽에 있었다. 똑같은 길을 따라 할머니 집에 다시 갔다. 계단 등이 망가졌는지 불이 들어오지 않았다. 문 앞에 떨어진 열쇠를 더듬거리며 찾아보았다. 다행히 열 쇠는 계단 모서리에 있었다. 열쇠를 찾아 돌아오는 길은 아까보다 마음이 더 급했다. 속도를 높였다. 그때였다. 무슨 소리가 들리는 것 같았다.

-아줌마, 무서워하지 마세요.

팔뚝에 소름이 확, 돋았다. 팔딱팔딱 가슴이 세차게 뛰었다. 눈을 동그랗게 뜨고 눈앞의 깜깜한 길을 뚫어져라 보았다. 귀를 쫑긋 세우고 다시 들어 보니 아무 소리도 들리지 않았다.

'한준이 일 때문인가 봐. 신경이 너무 예민해졌어. 비타민을 꼭 챙겨 먹어야겠어.'

어찌어찌해서 집으로 왔다. 집에 도착했을 때, 아이들은 다행히 둘 다 잘 자고 있었다. 두 번씩이나 묘지 길을 갔다 왔다 하느라 송미라 씨는 기운이 쪽 빠졌다. 몸이 그야말로 젖은 빨래처럼 축 처졌다. 송미라 씨는 집에 들어오자마자 약을 먹고, 침대 속에 들어가 세상모르고 곯아떨어졌다.

꿈을 꿨다. 이상한 남자아이를 보았다. 아이는 계속 송미라 씨를 따라왔다. 목에는 목걸이가 걸려 있었다. 눈이 부신 목걸이였다. 송미라 씨가 뒤돌아보면 그 아이는 멈춰 섰다. 송미라 씨가 가까이 가면 그 아이는 다가간 만큼 뒤로 물러났다. 손을 뻗어도 닿지 않았다. 아이는 물끄러미 송미라 씨를 쳐다보기만 했다.

"기다려!"

송미라 씨는 잠꼬대를 하며 잠에서 깼다. 새벽 한 시였다. 남편은 아직 들어오지 않았다.

"이 인간이 아직도 안 들어왔네."

송미라 씨는 투덜거리며 다시 잠이 들었다.

비 그친 다음 날.

오랜만에 상쾌한 일요일 아침이었다. 은결이 방에 불이 켜져 있었다. 은결이는 아직도 자고 있었다.

"이 녀석이 아침까지 불을 켜 두고 잤네."

스위치를 눌러 불을 껐다. 문을 닫고 나오려는데 공책이 문에 끼어 닫을 수가 없었다.

"은결이 이 녀석, 공책을 이런 데다 끼워 두고."

공책을 치우고 문을 닫았다. 남편의 양말과 옷가지들이 문 옆에 팽개쳐져 있는 걸 보니 남편은 새벽에 들어왔다가 다시 나간 모양이었다.

"벌써 나갔네. 이 인간이 정말…… 들어오기만 해 봐라!"

일찍 나가 버린 남편 때문에 울화통이 치밀었다. 오늘은 인터넷에 올릴 옷들을 사 와서 사진을 찍고, 홈페이지에 올려야 하는 바쁜 날이었다. 송미라 씨는 아침밥도 먹지 못하고 큰 가방을 챙겨 신발장 앞으로 갔다.

"한준이 엄마한테 전화를 해야 하나, 말아야 하나……."

은결이가 유치원에 다닐 때는 서로 이야기도 많이 나눴는데 인터넷 옷방을 차리고부터는 서로 뜸한 사이가 되었다. 한준이 엄마까지 직장을 다니게 되면서부터는 서로 얼굴도 잘 보지 못하게 되었다.

"지금 얼마나 정신없을까. 그나저나 엄마는 왜 안 오시지?"

초조해하며 시간을 봤다. 그때 문이 열렸다.

"이제 나가냐?"

"엄마! 소리가 기침 심하게 하는지 잘 살펴보시고 이상 있으면 바로 전화해요."

송미라 씨는 허리를 굽혀 운동화 끈을 묶었다.

"야야, 니 흰머리 났구먼. 뒷머리도 아니고 앞머리도 아니고, 딱 정수리구먼."

"뭐라고요?"

"너, 머리 따끔거리고 가렵다고 혔잖여. 이상하담서. 귀신이 어쩌고저쩌고하드만 흰머리 날라고 그랬당께."

"흰머리요?"

"그래, 흰머리 날라믄 엄청 가려워. 따끔거리기도 허고. 무신 귀신은⋯⋯. 흰머리 귀신이었구먼."

9. 이 길이 무섭니?

_ 눈깜빡이

끼익!

자동차가 갑자기 멈췄다. 그 바람에 눈깜빡이는 차 뒷자리에서 깜빡 졸고 있다가 시끄러운 소리에 잠에서 깨어났다. 흰색 자동차가 간신히 옆으로 비껴가고 있는 중이었다. 자동차에서 쏟아지는 강한 불빛 때문에 눈살이 찌푸려졌다. 자동차 지붕을 때리는 빗소리가 아주아주 컸다.

차가 다시 움직이기 시작했다. 덜컹, 길에 볼록 솟아나 있는 돌멩이에 걸려 차가 몹시 흔들렸다.

아줌마는 묘지 길을 무서워하는 게 틀림없었다.

─내가 아직 죽지 않았을 때, 나도 이런 길을 무서워했을까?

눈깜빡이가 꽃별을 내려다보며 물었다.

-글쎄, 모르지.

-꽃별, 너도 이 길이 무섭니?

-아니.

눈깜빡이는 여기 묘지 길이 편안하다. 아직 꽃별 말고 다른 친구는 만나지 못했지만 그랬다. 자동차 지붕 위로 떨어지는 빗소리가 듣기 좋다. 두두두두 북소리처럼 들렸다. 눈깜빡이는 오른쪽 창밖을 보다가 자동차 지붕을 통과해서 무덤이 있는 쪽으로 날아갔다.

엄마 가슴처럼 봉긋 솟아 있는 무덤들.

어떤 무덤은 아주 작았다. 어떤 무덤은 검은 돌로 만든 비석에 지붕을 얹고 한문으로 된 글씨를 써넣은 것도 있었다. 어떤 무덤은 대리석으로 네모난 상자처럼 옷을 입히고 그 위에 돌 두꺼비를 올려 둔 곳도 있었다. 어떤 무덤은 잡초가 무성했고, 어떤 무덤은 흙이 그대로 드러나 있었다. 무덤들은 주인 잃은 신발처럼 외로워 보였다.

-왜 난 이곳에 왔을까?

눈깜빡이는 다시 아줌마의 자동차 안으로 쑤욱 들어갔다.

-아줌마, 무서워하지 마세요.

그런데 아줌마가 운전을 하다 말고 눈을 감아 버렸다. 앞에는 작은 버드나무 한 그루가 서 있었다.

-아줌마, 얼른 눈을 떠요. 나무가 있다고요!

아줌마가 번쩍 눈을 떴다. 다행히 버드나무에 차가 부딪치지는 않았다. 그때였다. 차 앞으로 거의 희미해져 가는 어떤 것이 보였다. 흐물거리는 안개 같은 것이 하늘 위로 올라가고 있었다. 눈깜빡이는 얼른 차 밖으로 나왔다. 안개처럼 보였던 것은 하늘거리는 얇은 은색 한복이었다. 한복을 입고 있는 사람은 어떤 할아버지였다.

—저어, 안녕하세요?

—응, 그래. 너는 아직 올라갈 때가 안 된 모양이로구나.

할아버지는 거의 희미해져서 얼굴이 보일 듯 말 듯했다.

—할아버지는 언제 죽었어요?

—며칠 됐단다. 브라흐마의 구멍이 열린 날이었지.

—브라흐마의 구멍이요?

—때가 되면 너한테도 누군가가 말해 줄 거란다, 그것에 대해.

할아버지는 말을 하면서도 위로 올라가고 있었다.

—어떻게 위로 올라가세요?

—위에서 잡아당기는구나.

—어디로 가는 거예요?

—올라가 봐야 알 테지.

궁금한 게 많아 이것저것 물어봤지만 할아버지는 인자하게 웃기만 했다.

—저는 언제 위로 올라갈 수 있을까요?

—그건 나도 모른단다. 올라갈 때가 되면 배꼽 밑에 있는 줄이 팽팽하게 하늘로 당겨질 거야.

-할아버지는 여기서 뭘 했나요? 저는 여기서 뭘 해야 하나요?

-그건 말이야…… 서두르지 마라. 기다리면 너도 곧 알게 되어 올라갈…….

할아버지는 말을 다 마치지도 못하고 하늘 위로 쑤욱, 빨려 올라갔다. 눈깜빡이는 더 이상 할아버지를 쫓아갈 수 없었다. 멀리 하늘 위로 은빛 옷을 출렁거리며 할아버지는 사라졌다. 눈깜빡이는 다시 꽃별과 둘이 남았다.

-나는 여기서 뭘 해야 하지?

-나도 여기서 뭘 해야 하지?

밤은 깊어 갔다. 그렇게 퍼붓던 장대비가 그치고 하늘에는 어느새 은은한 빛을 뿌리며 달이 말갛게 떠 있었다. 아줌마의 자동차가 사라진 다음, 눈깜빡이는 꽃별과 함께 무덤가를 천천히 돌아다녔다.

그런데…… 한참 후에…….

털털털털, 그 낡은 흰색 자동차가 저 멀리 장례식장 쪽에서 빠른 속도로 달려왔다. 흰색 자동차는 눈깜빡이와 꽃별 옆을 쌩 스쳐 지나갔다.

그리고…… 또 한참 있다가…….

그 자동차가 다시 반대편에서 달려왔다.

-또 오네.

자동차가 눈깜빡이와 꽃별 옆을 지나갔다. 눈깜빡이는 꽃별과 함께 자동차를 따라 날아갔다. 그리고 아줌마가 운전하는 자동차 지붕으로 들어가 뒷자리에 앉았다.

아줌마는 운전대를 두 손으로 꽉 붙잡고, 몸을 앞으로 바짝 붙인 상태로 운전하고 있었다. 아줌마한테서는 엄마 냄새 같기도 하고, 따뜻한 이불 냄새 같기도 한 그런 좋은 냄새가 났다.

—아줌마 옆에 있으니 이상하게 마음이 편안해. 혹시 아줌마가 엄마 아니었을까?

자동차는 어떤 아파트로 들어갔다. 눈깜빡이와 꽃별은 주차장에 세워 둔 아줌마의 낡은 자동차 안에 그냥 있었다. 뒷자리에 앉아 있으니 스르르 눈이 감겼다.

기다란 담장.

작은 나무둥치.

그 위에 앉아 바라보던 철문과 철문 너머로 번지는 노을.

순간 아이들이 눈깜빡이를 향해 지우개를 던지고 있는 게 눈앞에 보이기 시작했다.

'머저리, 돌대가리, 병신, 찐따, 고아 새끼……'

날카로운 소리들이 눈깜빡이 몸을 통과하자 움찔, 몸이 떨렸다.

10. 답답해

_ 은결이

학교에 가니 이상한 소문이 파다하게 퍼져 있었다.

한준이가 베란다에서 떨어져 죽은 채 발견되었다는…….

선생님이 들어왔고, 같은 반 한준이가 사고를 당했다고 잠깐 묵념을 하자고 했다. 선생님은 한준이 자리에 국화꽃 한 송이를 갖다 놓았다. 한준이 자리는 바로 은결이 뒤다. 가슴이 쿵쾅거렸다. 너무 떨려 눈물도 나오지 않았다. 아무리 울려고 해도 울음이 나오지 않았다. 괴로웠다. 그런데 다른 아이들이 은결이가 앉은 자리로 와서 국화꽃을 주고 갔다. 점점 더 많은 국화꽃이 은결이에게로 왔다. 내가 아니란 말이야. 은결이가 이렇게 외쳐도 아무 소용이 없었다. 목소리는 목구멍에서 나오지 않았다. 은결이는 꽃에 파묻혔다. 숨이 막혀 죽을 것만 같았다.

숨이 막혀 죽는 순간, 눈이 번쩍 떠졌다. 꿈이었다. 눈가에 축축히 눈물이 묻어 있었다. 꿈을 꾸면서 울었나 보다. 어제 엄마가 누구랑 전화하는 소리를 들었다.

"한준이가 베란다에서 떨어져 크게 다쳤다면서요?"

엄마는 혀를 차면서 안됐다고 했다. 은결이는 한준이가 혹시 죽으려고 일부러 베란다에서 떨어진 건 아닐까, 하고 생각했다. 그래서 그런지 이상한 꿈을 꾼 것 같았다. 찜찜한 마음으로 학교에 갔다.

오늘은 수업이 일찍 끝나는 화요일이다.

학교에 가니 한준이가 베란다에서 떨어져 크게 다쳤다고 선생님이 말했다. 아직 의식이 없어 걱정이라고 했다. 모두들 안전사고에 조심하라고 했다. 은결이는 수업 시간 내내 비어 있는 뒷자리가 신경 쓰였다. 가슴이 답답하고 체한 것처럼 메스꺼웠다. 속이 울렁거리고 머리가 아팠다. 쉬는 시간마다 엎드려 있었다.

점심시간이 되었다. 운동장에서 아이들 웃음소리가 들렸다. 이상하게 아무 상관도 없는 아이들이 야속하다는 생각이 들었다. 은결이는 점심시간에도 쉬지 못하고 수학 숙제를 해야만 했다. 학교 수업이 끝나면 수학 학원에 갔다가 곧바로 학교에 다시 와야 했다. 학교 바로 앞에 학원이 있어서 엄마가 시간표를 그렇게 짠 거다.

방과 후 컴퓨터 수업이 있었다. 컴퓨터 워드프로세서 2급 시험이 코앞으로 닥쳐왔기 때문에 오늘은 수업이 더 길어졌다. 컴퓨터 자판을 두드리는데 한준이 얼굴이 어른거렸다.

'한준이가 베란다에서 왜 떨어졌을까? 혹시…… 나 때문에…….'

한준이의 슬픈 얼굴이 자꾸만 떠올랐다.

'내 탓이 아니야.'

은결이는 도리질을 했다. 그래도 자꾸만 그런 생각이 머리를 떠나지 않았다.

컴퓨터 수업이 끝나면 곧장 학교 앞에 있는 역사 교실 학원에 가야 했다. 선생님은 굉장히 무서웠다. 너무 가기 싫은데 엄마는 그만두면 안 된다고 했다. 고등학교에 올라가면 수행평가도 있고 좋은 대학에 가려면 필요하다며 엄마는 말꼬리를 흐렸다. 엄마의 눈을 보고 있으면 온몸이 뻣뻣하게 굳는 것 같다.

"대학 가고 싶어도 엄마는 못 갔어. 넌 행복한 줄이나 알아. 대학 안 나오면 월급도 쥐꼬리만큼밖에 못 받고, 비정규직으로 살기가 얼마나 힘든 줄 알아?"

나는 엄마가 만든 조립식 로봇이야. 로봇이 말을 듣지 않으면 엄마는 로봇을 부서뜨리고 말 거야. 은결이는 한준이 일이 신경 쓰여 컴퓨터 시간에 타자를 제대로 칠 수가 없었다.

컴퓨터 선생님이 책상마다 돌아다니다가 은결이 컴퓨터 화면을 보더니 큰 소리로 말했다.

"거거, 딴생각하지 말고 정확하게 치란 말이야! 표를 아직 만들지도 못했잖아!"

선생님은 엄청 화가 난 얼굴이었다.

"워드프로세서 2급 시험이 다음 주야. 이렇게 해서 붙겠니, 엉? 이거 너무 늦은 거야. 알기나 알아?"

은결이 목은 잔뜩 움츠러들어 자라목이 되었다.

"빨리 해!"

선생님이 다른 자리로 갔다. '위잉' 휴대폰이 요란스럽게 몸을 떨었다. 은결이는 선생님 눈치를 보며 문자메시지를 확인했다.

역사 교실 가는 거 알지?

잊지 말고.

사랑해. ♥

'사랑하긴……. 얼어 죽을……. 문자 보낼 때는 왜 꼭 하트까지 넣어? 우웩.'

엄마가 보낸 문자를 보면서 은결이는 한숨을 푸욱, 내쉬었다.

학원 가기 싫어.

망설이다가 엄마에게 문자를 보냈다.

뭐라고? 너 제정신이야?

역사 교실 끝나면 빨리 집에 가서

저녁 먹고 수학 학원 갔다 와!

할머니가 저녁 차려 주시는 거 먹고!

은결이가 어디를 가든 엄마는 은결이 뒤통수를 보며 감시하고 있었다. 학원에 늦게 가면 학원에서 엄마 휴대폰으로 문자가 날아갔다. 학원에서는 몇 분 늦었다는 것까지 엄마한테 다 고자질을 한다. 숨이 막혔다. 속이 울렁거렸다. 메스꺼웠다.

'도저히 못 참겠어.'

은결이는 갑자기 자리에서 벌떡 일어났다. 주섬주섬 가방을 챙겨 들고 문을 향해 저벅저벅 걸었다.

'더 이상 이렇게 살기는 싫어. 이제 진절머리가 나.'

은결이는 컴퓨터 시간이 다 끝나지도 않았는데 교실 문을 박차고 나왔다. 어디서 그런 용기가 나왔을까.

"구은결! 구은결! 어디 가는 거야?"

컴퓨터 선생님이 놀라서 소리치는 걸 들으면서 은결이는 복도로 나와 마구 뛰었다. 계단을 내려갔다. 1층까지 후다닥 내려간 다음 학교를 나왔다. 헉, 헉 숨을 한번 고르고 '색연필 문구점' 앞을 지나갔다. '엿장수 닭꼬치'도 지나갔다. '삼촌네 떡볶이'도 지나갔다. '대림 부동산'도 '향기 나는 세탁 편의점' 앞도 지나쳤다.

정신없이 달려가다 보니 학교와 아파트 사이 언덕배기에 있는 주택 골목 앞까지 왔다. 어디로 가야 할지 막막해졌다. 교실에 있는 것보다 괜찮아진 것 같지만 울렁거리는 가슴은 진정되지 않았다. 체한 것처럼 또 미식거리고 머리가 아팠다.

'나도 모르게 이곳으로 왔네.'

이곳은 오래된 집들이 많아서 곧 재개발을 한다고 했다. 집들은 모두 다 비어 있었다. 막다른 골목 맨 끝에 있는 집. 5학년 때까지 살았던 우리 집. 5학년 때 지금 사는 아파트로 이사한 다음에 이쪽으로는 한 번도 얼씬거려 본 적이 없었다. 앞뒤 상황은 모르겠지만 화장실만 생각하면 팔에 소름이 돋았다.

'왜 막힌 곳에만 들어가면 죽을 것처럼 힘든 것일까?'

은결이는 숨을 크게 몰아쉬었다.

도망가자! 빨리 벗어나야 해! 골목을 헐레벌떡 뛰어나왔다. 그때 길가에 튀어나온 돌멩이에 딱 발이 걸려 넘어졌다. 발가락 사이에 돌은 티눈 때문에 소름이 돋을 만큼 아팠다. 일어나 가방에 묻은 먼지를 툭툭 털어냈다. 지퍼 손잡이에서 뼈다귀 모양의 은색 개 목걸이가 출렁거렸다. 밍키의 목걸이.

'도대체 화장실에서 무슨 일이 있었을까? 밍키는 왜 죽었을까?'

밍키 목걸이도 갑자기 보기 싫어졌다. 은결이가 힘든 게 다 이것 때문인 것 같았다. 밍키 목걸이를 홱 잡아 빼서 바지 주머니에 욱여넣었다. 재구도 집에 없으니 갈 데가 없었다. 한준이가 며칠 전에 보낸 문자가 자꾸만 생각났다. 네가 도와주지 않으면 난 살고 싶지 않아. 죽고 싶어.

위잉, 엄마로부터 문자가 또 왔다.

– 역사 교실에서 연락 왔다. 아직 안 왔다고. 너. 지금 어디니? 빨리 학원에 가도록 해! 뭐 하니? 늦었어!!

– 제발 날 좀 내버려 두란 말이야! 미치겠으니까!

– 뭐야? 이놈의 자식이. 야! 너 지금 엄마한테 뭐라고 했어? 이 녀석이지금 개미가 오줌 싸는 소리를 하고 있네.

답문을 보니 어이 상실이었다. 이제는 이놈의 자식이란다. 개미보다 못한 자식이란다. 은결이는 길바닥에 있던 우유 팩을 발로 뻥걷어차 버렸다. 안에 남아 있던 우유가 퍽, 터지면서 바지에 튀었다. 시발.

이대로 그냥 학원에 가지 않는다면 엄마가 어떻게 나올까? 뻔하다. 또 가둘 거다. 엄마는 화만 났다 하면 무섭게 돌변했다. 유일하게 진지할 때가 화를 낼 때니까. 툭하면 화장실로 데려가서 눈을치켜뜨고 나무 자를 가지고 다그쳤다. 세면대를 두드리면서 머리를 툭툭 치면서 소리를 질렀다. 한 번만 더 그러면 나도 들이받을거야. 은결이는 입술을 힘주어 다물었다.

"누구 좋으라고 그러는 줄 알아? 이게 다 너 잘되라고 하는 거야. 알았어?"

화장실에 들어가 있는 상상만 해도 숨이 답답하고 머리가 어지러웠다. 중학교 2학년이나 되었으니 이제 엄마한테 반항을 해도 될 법한데 은결이는 그런 생각을 할 수 없을 정도로 이상하게 무서웠다.

'화장실 안에서 혼나기는 죽어도 싫어. 내가 잘되는 게 뭘까? 관심도 없는 학원에서 필요하지도 않은 것들을 억지로 배우고 엄마가 원하는 대학에 가는 걸까? 내가 원하는 건 그런 게 아니라고. 그냥 날 내버려 두란 말이야!'

머리가 아팠다. 고개가 저절로 숙여졌다. '향기 나는 세탁 편의점'을 지나고 '대림 부동산'도 지나고 '삼촌네 떡볶이'를 지나 '엿장수 닭꼬치'도 지나서, '색연필 문구점'을 지나고 '꿈이 있는 역사 교실'이 있는 학원 건물까지 왔다. 역사 교실은 7층에 있다.

어떻게 학원에서 한 시간을 버텼는지 모른다. 자꾸만 잘못 푸는 문제 때문에 선생님의 똑같은 잔소리를 지겹게 듣고 나자, 끝나는 시간이 되어 있었다.

'학원이 폭발했으면 좋겠어.'

화가 나는 걸 꾹 참고 있다가 아무 생각 없이 엘리베이터를 탔다. 1층을 눌렀다. 엘리베이터 문이 닫히고 윙, 소리를 내며 엘리베이터가 내려가기 시작했다.

'헉, 엘베를 타다니.'

순간 가슴이 답답해지기 시작했다.

좁은 공간에만 들어가면 어김없이 머릿속으로, 심장으로 쳐들어 오는 것들.

머리가 빙글 돌았다. 구역질이 올라왔다. 심장이 터질 것처럼 뛰었다. 네모난 벽이 은결이를 향해 점점 조여들어 왔다. 진땀이 났다. 한준이를 생각하자 숨이 더 가빠졌다. 머리가 아득해지며 등골을 타고 더운 기운이 쑤욱, 빠져나갔다. 몸이 얼음장처럼 얼어붙는 것 같았다.

폐쇄공포증.

'나도 모르게…… 엘베를 타다니.'

더 이상 엘리베이터를 타고 있을 수 없었다. 손이 벌벌 떨려서 문 열기 버튼도 누를 수가 없었다. 숨이 잘 쉬어지지 않았다. 시간이 딱 멈추고 정지 화면 안에 갇힌 것만 같았다. 갇힌 화면 안에서 버튼을 누르려고 안간힘을 쓰며 손을 뻗다가 그만 은결이는 정신이 아득해졌다.

"은결아, 은결아, 정신이 드니?"

눈을 뜨니 역사 교실 선생님이 눈앞에 있었다.

"아이고, 깜짝 놀랐네. 엘리베이터에서 쓰러져 있는 걸 승준이가 보고 연락했어. 엄마한테 전화 드리고 2층에 있는 내과에 데리고 온 거야. 의사 선생님이 네가 요즘 신경 쓰는 게 많으냐고 그러시더라. 잘 먹고 잘 쉬래."

잘 먹을 수도 없고 잘 쉴 수도 없어요.

"엄마한테 다시 연락해 볼게. 잠깐 있어라."

조금 있으니 엄마가 헐레벌떡 병실로 들어왔다.

"은결아, 무슨 일이야? 괜찮아?"

괜찮지 않아. 은결이는 고개를 돌렸다.

"어머님, 놀라셨죠? 의사 선생님이 걱정하지 않아도 된다고 하셨어요. 잘 쉬라고요. 스트레스 때문이라는데…….."

"선생님 감사해요. 선생님 아니었으면 큰일 날 뻔했어요."

"아니에요. 은결이가 많이 힘들었나 봐요. 이번 주는 쉬게 해 주셔도 될 것 같아요."

선생님이 엄마 눈치를 보며 말했다.

"그래도 쉴 수 없죠. 학교 수행평가도 다음 주잖아요. 이번에도 신경 좀 써 주시고요."

엄마는 은결이가 쓰러져도 눈 하나 깜짝하지 않았다. 선생님은 학원으로 올라가고 엄마는 의사를 보고 오더니 안심하는 얼굴로 들어왔다.

"다 괜찮대. 수액 다 맞고 집으로 가자."

집에 돌아오니 일곱 시가 넘었다. 엄마는 할머니한테 병원에 있다가 온 얘기도 안 하고 전화를 받으러 안방으로 들어갔다. 엄마는 정말 구제불능이다. 할머니한테 SOS를 치는 게 낫겠다고 은결이는 생각했다.

"할머니! 할머니!"

"왜?"

"저 오늘 쓰러져서 링거 맞고 왔어요. 병원에서요."

"뭐라고?"

할머니는 안방으로 쫓아 들어가 엄마한테 잔소리를 했다. 그래도 엄마 목소리가 할머니 목소리보다 큰 것 같았다. 은결이는 손과 발이 꽁꽁 묶여서 작은 상자 안에 갇혀 있는 느낌이 들었다.

'다 엄마 탓이라고!'

생각만 해도 눈물이 나오려고 했다.

이렇게 힘든 하루하루가 계속된다면 도망치는 수밖에 없다.

'어디로 가출을 해야 할까?'

11. 우리 할머니는 삼신할미

_ 소리

"두꺼비눈! 두꺼비눈! 이제 간대."

용건이가 또 놀립니다. 소리는 너무 화가 납니다. 용건이는 소리보다 덩치가 훨씬 큽니다. 그래서 놀리는 게 싫어도 참습니다. 걔는 소리가 이길 수 없는 엄청난 상대입니다.

소리는 오늘도 화가 나는 걸 꾹 참느라 고개를 숙이고 나왔습니다. 침까지 꼴깍 삼키다가 소나무반 선생님에게 인사도 못 했습니다. 선생님이 꼭 인사하라고 했는데. 내일 스티커 받기는 다 틀렸습니다. 하나만 더 받으면 포도 모양이 완성되는데 용건이 때문에 못 받았습니다. 억울합니다.

어린이집 문 앞에 할머니가 있었습니다. 할머니를 보니까 눈물이 핑 돌았습니다. 소리는 용건이가 진짜 싫습니다. 이길 수는 없지만 놀려 먹을 수 있는 걸 꼭 찾아내서 놀려 먹을 겁니다.

"할머니! 용건이가 또 놀렸어."

콜록콜록. 기침까지 튀어나왔습니다.

"어이구, 귀여운 내 새끼. 용건이가 또 놀렸당가? 우리 이쁜이를. 오늘은 어린이집 하루 쉬랑게."

할머니는 소리가 울려고 하니까 얼굴을 쓰다듬고 소리 등을 만져 주었습니다.

"할매가 용건이 혼쭐을 내줄 텡게, 걱정 말고. 용건이 땜시 할매 머릿속에 구정물이 꽉 들어찬 것 같네."

"왜?"

"우리 소리가 놀림받으면 이 할매 속이 상해서 그려."

할머니 머리에 구정물이 들어가면 안 됩니다. 그렇잖아도 할머니는 소리가 한 말을 잘 까먹는데 구정물까지 들어가면 정말 큰일입니다. 조심해야겠습니다. 할머니가 소리 편을 들어 주니 기분이 조금 좋아졌습니다.

"기침 안 멈추는 것이여? 아침에도 하는 것 같든디."

할머니는 바닥에 쪼그리고 앉아 등을 내밀었습니다.

"자아!"

"할머니! 나 업어도 돼?"

"그려."

"허리 아프다고 했잖아."

할머니 등에 업히는 건 정말 좋습니다. 금세 화난 게 없어졌습니다.

"오늘은 특별히 업혀도 된당게."

"진짜? 야호!"

할머니는 소리를 등에 업고 걸었습니다. 할머니는 소리 엉덩이를 두드리며 노래를 불렀습니다.

우리 애기 금동 애기 둥개 둥개야.

꼬사리로 집을 짓고 원추리로 대문 달아

대문 밖에 선 큰 애기 금을 줄까 옥을 줄까

해님 같고 달님 같은 우리 애기 예쁜 애기.

소리는 할머니가 부르는 자장가를 들으면 기분이 좋아집니다.

"할머니는 왜 맨날 이 노래 불러?"

"으응, 아가들이 세상에 나올 적에 이 할미가 많이 불러 준 노래여."

"왜에?"

"할미가 옛날에는 아가를 많이 받았어."

"우와! 누가 아기를 줬는데?"

"고 머시냐……. 삼신할미. 삼신할미가 아가를 점지해 줘야 아가들이 세상에 태어나는 거여. 삼신할미가 말이여, 저그 위 하늘에 구녕을 뚫어 놨거든. 그 구녕으로 땅을 내다보다가 아가를 정말로 원하는 사람한테 딱, 보내 준당게. 아가를 세상에 내보낼 적에 삼신할미가 아가 엉덩이를 톡 때려. 호호호, 그럼 이 할미가 냉큼 아기를 받았제."

"그럼 할머니도 삼신할미네."

"뭐여? 허허허, 그렇기도 허네. 그려, 나도 삼신할미네."

"할머니, 삼신할미는 아기 엄마가 누군지 어떻게 알아?"

"아하, 그건 표시가 있제. 아가하고 엄마를 딱, 연결시켜 주는 표시 말이여. 근디 그거는 할미도 몰러. 아가가 엄마를 어떻게 알아보고 찾아가는지는 아무도 모르제. 눈에 뵈지 않는 무슨 끈 같은 게 있는지도 몰러. 멀리서 봐도 딱 알아볼 수 있는 끈. 이 할미는 아가들이 엄마 찾아갈 적에 길 잃어버리지 말라고 손을 잡아 주는 게 전부여."

할머니는 진짜진짜, 정말정말 대단합니다. 아기들이 엄마 배 속에서 나올 때 길을 잃어버릴까 봐 손을 잡아 주었다니요.

"할머니, 나 안경 벗을래. 콜록콜록."

"기침이 왜 빨리 안 떨어지나 모르겠네."

안경을 벗으니 세상이 온통 뿌옇습니다. 눈에 힘을 주고 가늘게 떠 봐도 똑같습니다. 세상이 빙글빙글 돕니다.

"소리야, 잘 보이냐?"

"아니. 빙글빙글 요지경."

"뭐여? 요지경?"

"응. 할머니가 가르쳐 준 노래. 세상은~ 요~지경. 요지경 속이다. 잘난 사람 잘난 대로 살고, 못난 사람 못난 대로 산~다."

"히히히, 우리 소리가 이 할미보다 노랠 더 잘허네."

"근데 할머니, 요지경이 뭐야?"

"옛날에 말이여, 요지라는 호수가 있었는디 거기서 겁나게 훌륭한 잔치가 많이 벌어졌디야. 그 요지 호숫가 경치가 엄청 좋아서 생긴 말이 요지경이여."

"그럼 좋은 경치라는 뜻이야?"

"잉."

"치, 그럼 난 요지경 아니네."

"왜 아녀? 할미 등에서 보는 경치는 다 요지경이제."

"나무들이 흔들리는 걸 보고 있으면 머리가 빙글빙글 아프단 말이야."

"아이구, 그려. 빨리 눈이 좋아져야 할 텐디."

할머니 등은 항상 따뜻하지만 흔들리는 나무들을 보고 있으면 머리가 아파 옵니다. 눈 옆에 벌겋게 난 안경 자국도 쓰라립니다. 소리는 유치원에 가기 싫습니다. 친구들이 매일 소리를 보고 놀립니다. 두꺼비눈이라고요. 소리는 그 말이 제일 듣기 싫습니다. 소리 눈이 두꺼비눈이 된 건 다 이유가 있습니다. 할머니가 말해 줬습니다. 소리가 너무 일찍 세상에 나와서 그런 거라고요. 삼신할미는 왜 소리를 이 세상으로 일찍 보냈는지 모르겠습니다.

태어날 때 소리는 몸이 엄청 작아서 이상한 통 안에 들어가 있었다고 합니다. 엄마 배 속에서 너무 빨리 나와서 그런 거랍니다. 세상에 빨리 나와 눈에도 병이 생겨 수술도 했습니다. 작년까지는 일 년에 한 번씩 안과에 가서 검사를 받았습니다. 요즘에는 한 달에 한 번씩 안과에 갑니다. 검사받는 거 진짜 무섭습니다.

다른 아이들보다 소리는 키도 작습니다. 용건이가 말한 것처럼 소리 눈은 두꺼비눈처럼 보입니다. 알이 두꺼운 안경을 끼어서 그렇게 보이는 겁니다. 길을 가던 어른들도 소리를 다시 돌아봅니다. 빨리 안경을 벗었으면 좋겠습니다. 그러려면 눈이 좋아져야 하는데……. 게임을 좀 줄여야겠습니다. 집으로 돌아오니 머리 아픈 게 없어졌습니다.

"소리야, 할미가 식혜 주끄나?"

"아니. 오빠 방에서 놀아도 돼?"

"그랴 그랴. 놀아도 되제. 오빠 오기 전에 언능 놀아라. 근디 그 매미 허물은 만지덜 말어. 또 난리 친께."

소리는 오빠 방이 좋습니다. 오빠는 소리가 자기 방에 들어오는 것을 끔찍하게 싫어합니다. 문지기처럼 자기 방을 지킵니다. 그런데 이상한 게 있습니다. 누가 들어오는 걸 싫어하면서 문을 닫는 법은 없습니다. 왜 그런지는 잘 모르겠습니다. 항상 방문을 조금씩 열어 둡니다. 잘 때도 말입니다. 아마 귀신이 무서워서 그러는 거

같습니다. 오빠는 겁쟁이입니다.

소리는 화가 날 때마다 오빠를 놀려 줍니다. '무서워서 화장실 문도 못 닫는 겁쟁이! 방문도 못 닫는 찐빵!'이라고요. 그러면 오빠는 진짜진짜 화를 많이 냅니다. 얼굴이 진짜 찐빵이 됩니다. 오빠가 화를 내도 소리는 하나도 안 무섭습니다. 으앙, 하고 울면 할머니가 달려오니까요. 히히히, 오빠 오기 전에 들어가서 놀다가 얼른 나와야겠습니다.

'너를 사랑해'

오빠 방문 앞에 붙어 있는 겁니다.

"너를 사랑해? 그럼 나는?"

소리는 방문에 붙어 있는 글씨를 오래 노려봤습니다. 어쩔 때 엄마는 오빠한테 뭔가 잘못한 사람처럼 쩔쩔맵니다. 하지만 오빠를 화장실에 데리고 가서 혼낼 때는 완전 다른 사람으로 변합니다. 정말 이상합니다. 엄마는 왜 화장실에 꼭꼭 숨어서 오빠를 혼낼까요? 냄새나고 답답하게. 큰 소리로 혼내면 다른 집에 들릴까 봐 창피해서 그러나 봅니다.

오빠 방에 들어가서 뭘 만질까, 휘 둘러보았습니다. 책상 위는 엉망진창입니다. 책들과 공책이 어질러져 있습니다. 벗어 놓고 간 잠옷도 뱀허물처럼 방바닥에 아무렇게나 구겨져 있습니다. 소리는 책꽂이 위를 스윽 올려다보았습니다.

오빠의 비밀 상자를 열어 보고 싶습니다. '너, 내 비밀 상자 절대로 만지면 안 돼. 만지면 죽을 줄 알아.' 오빠가 눈을 크게 뜨고 말했습니다. 오빠가 '비밀 상자'라고 말만 안 했어도 그냥 잊어버렸을 텐데. 그 안에 대단한 걸 숨겨 둔 게 확실합니다. 궁금해서 참을 수가 없습니다.

의자를 바짝 당겨 놓고 의자 위로 올라갔습니다. 까치발을 들고 책꽂이 위를 보았습니다. 네모난 상자가 보입니다. 그 옆에 종이컵이 있습니다. 저기에 있던 매미를 찌그러뜨렸다고 오빠가 화를 냈었습니다. 하지만 오빠가 갑자기 들어오는 바람에 매미를 자세히 보지도 못했습니다. 할머니가 빨리 치웠으니까요.

소리는 비밀 상자를 꺼내 방바닥에 내려놓았습니다. 종이컵도 꺼내려고 손을 뻗었습니다. 콜록콜록, 갑자기 기침이 터져 나왔습니다. 그만 컵이 손에서 빠져 바닥으로 떨어졌습니다.

툭! 뭔가가 컵 속에서 나왔습니다. 방바닥 위로 바퀴벌레 같은 게 떨어졌습니다. 소리는 눈을 찡그리며 안경을 고쳐 잡았습니다.

"으윽! 이게 뭐야? 오빠가 말한 매미인가 봐."

말라비틀어진 벌레였습니다. 갈색인데 꼼짝도 안 하는 걸 보니 죽은 것 같습니다. 하지만 징그럽고 무서웠습니다.

"할머니! 이거!"

"왜에?"

할머니는 거실에서 텔레비전을 보고 있었습니다.

"이리 와 봐!"

"왜 그런다냐?"

"할머니, 이거 올려놔!"

할머니는 소리가 울상을 지으며 손가락질하는 매미를 보았습니다.

"매미 허물이구먼."

"매미 껍데기?"

"그랴. 매미 껍딱. 매미가 지 허물을 벗어 뿔고 간 거시여. 암시랑토 안 혀."

"왜?"

"머시 왜다냐? 몸이 커지니께 작은 몸땡이는 옷 벗듯이 벗어 버리는 거시제."

할머니는 매미 허물을 손으로 살짝 들었습니다.

"할머니, 그럼 나도 몸이 커지면 이렇게 껍데기를 벗어?"

"어이구, 이것아. 사람이 어떻게 몸을 벗겄어. 죽어야 몸을 벗제. 죽어서야 몸땡이를 벗어 뿔고 가는 것이여."

"할머니도 죽으면 몸을 벗어?"

"그럼. 할미도 그러제. 매미가 매미 허물 벗어 뿔고 날아가듯이 할미도 이 몸땡이는 두고 가는 거여."

"매미처럼?"

소리는 할머니 팔을 꽉 붙들었습니다. 할머니가 매미처럼 날아갈까 봐 무서웠습니다.

"그려, 그려. 매미처럼 이 몸뚱아리 허물을 벗어서 두고 가제. 죽으면 다 그런 것이여. 사람이나 짐승이나 미물이나 숨이 붙어 있는 것들은 다 그런 거여."

"죽으면 어디로 가는데?"

"또 다른 세상이 있제. 삼신할미가 이 세상에 보내 줬응께 데려 갈 때도 삼신할미가 좋은 곳으로 데려가는 거여. 몸은 썩어 흙이 되고 풀이나 나무가 되기도 하고 새로운 생명의 씨앗이 되는 거여. 죽는다고 아주 없어지는 게 아녀."

"그럼 다시 만날 수 있는 거야?"

"그람. 그람. 우리 소리 꼭 다시 만날 수 있제. 허허허."

다행입니다. 죽어도 할머니를 다시 만날 수 있으니까요. 할머니는 종이컵 속에 있는 매미를 들여다보았습니다.

"참말로 진짜 다리 같구먼. 매미 허물이 밤 기침에 좋다고 그러 든다……. 우리 소리 폭 고아 주끄나."

"우웩. 안 먹어. 매미 저 위에 올려놔."

"오빠한테는 암 말도 말어. 난리 친께."

"응. 비밀."

소리는 손가락을 입에 갖다 대며 말했습니다.

"그려. 비밀."

할머니하고 둘만 아는 비밀이 또 생겼습니다. 이번에 들키면 진짜 큰일 납니다.

12. 티눈

_ 은결이

무섭다.

조마조마하다.

내가 얼마나 힘든지 아무도 모른다.

발밑이 온통 지뢰밭처럼 아슬아슬하다.

컴퓨터 메모창을 띄우고 끼적이던 은결이가 고개를 젓더니 삭제 버튼을 눌렀다. 어제 학원에서 은결이가 쓰러졌는데도 엄마는 변한 게 하나도 없었다. 역사 교실 수업 빼먹은 것만 걱정했다. 의사가 '잘 먹고 잘 쉬면 된다'고 했다면서 괜찮다고 한다. 엄마는 은결이가 쓰러진 진짜 이유를 모른다.

오늘도 엄마는 집에 없다. 엄마는 홈페이지에 올릴 옷을 사러 갔다가 한준이가 입원해 있는 병원에 다녀온다고 했다. 은결이더러 한준이 병문안을 같이 가자고 했는데 은결이는 나중에 친구들이랑 갈 거라고 얼버무렸다. 은결이는 침대에 벌러덩 누워 천장 벽지가 살짝 벗겨진 부분만 뚫어지게 보고 있었다.

할머니가 슬쩍 들어왔다.

"한준이, 그 녀석이 느이 반인 겨?"

"응. 내 뒷자리."

"많이 놀랬겄네. 사고라고 허든디. 그라도 그만허길 천만다행이제. 죽지 않고 살았응께."

"몰라."

은결이는 벽 쪽으로 몸을 돌려 누웠다. 할머니가 돌아누운 내 등을 쓰다듬어 주었다. 할머니 손이 따뜻했다.

"공부하기 힘들쟈?"

할머니한테는 내 비밀을 털어놓아도 될 것 같은데……. 은결이는 망설였다.

"무서워."

"뭐시?"

"잠잘 때 무서워서 불도 못 꺼."

"불도 못 꺼?"

"잠도 잘 못 자."

"왜 그런다냐?"

"불 끄면 숨이 딱 멈출 것처럼 답답해."

처음이다. 누군가에게 내 얘기를 한 게. 눈물 한 방울이 볼을 타고 흘러내렸다.

"쯧쯧, 저런. 뭐시 무서울꼬. 이 할미가 무서움 없애는 부적 줄 텡께 걱정 말어. 잠도 못 자면 어쩐다냐. 이 할미가 잠 잘 오게 하는 특효 부적을 줄 것잉께. 고것만 베갯속에 잘 넣어 두면 잠도 잘 오고 무서움도 싸악~ 없어질 것이구먼."

"정말?"

"그럼, 그럼. 그 부적으로 효험 본 사람 많아야. 괜한 걱정 하덜 말고."

할머니가 은결이 등을 토닥여 주었다. 할머니가 보내는 윙크 한 방을 먹으면 기분이 좋아질 것 같은데 은결이는 돌아누울 수가 없다. 빨개진 눈을 보여 줄 수가 없다. 할머니한테 엘리베이터 안에도 못 들어간다고 말해 볼까? 화장실에서도 문을 못 닫는다고 말해 볼까? 날 이해해 줄까? 엄마처럼 이상한 괴물 취급 하는 건 아닐까? 은결이는 망설이다가 입을 열었다.

"할머니, 난 화장실 안이나 엘리베이터 안에 들어가도…… 숨 막혀 죽을 것 같아."

"아이고~ 왜 그런다냐?"

"전부터 그랬어. 난 꽉 막힌 곳에 들어가면 숨을 못 쉬는 병에 걸렸어."

할머니는 가만히 있다가 한숨을 크게 쉬고 나서 은결이 손을 잡아 주었다.

"아이구, 우리 손주가 많이 힘들었구먼. 그것두 걱정하덜 말어. 그런 것도 없애는 특효약이 있응께. 훌훌 털고 일어날 것이구먼. 그란디 우리 은결이는 뭐시 젤로 무서운 겨?"

"죽을 것 같은 게. 막힌 곳에 들어가면 손바닥이 차가워지고 숨이 안 쉬어지고 금방 죽을 것처럼 심장이 막 뛰다가 내가 없어질 것 같아. 그게 무서워."

할머니는 은결이 머리를 쓰다듬고 등을 툭툭, 두드려 주었다.

"은결아, 죽는 거는 말이여, 허물을 벗는 것뿐이랑께. 누구헌테나 다 찾아오는 거여. 언제 찾아올지는 아무도 모르제. 문밖이 황천이란 말도 있응께. 그렇다고 네가 금방 죽는다는 말은 아니제만 죽는 일은 사람이건 동물이건 미물이건 목숨이 붙어 있는 것들한테는 다 찾아오는 손님이여. 죽으면 흙으로 돌아갔다가 다른 목숨으로 다시 살아나는 거여. 풀로 나무로 또 다른 것들로 말이여. 너무 겁내지 말드라고. 툭 배짱을 부려 보란 말이시. 죽어 봤자, 하고 말이여. 그라믄 화장실이나 꽉 막힌 데 들어가 있어도 그리 무섭지는 않을 것인께. 그라고 니는 아직 한참 멀었어야."

할머니 말을 들어도 무서운 게 사라지지는 않을 것 같았다. 그래도 말하고 나니까 은결이는 갑갑했던 마음이 조금은 후련했다. 할머니는 은결이 머리를 다시 쓰다듬어 주고 나갔다. 문밖이 황천이

라는 말이 문만 열어도 죽을 수 있다는 말처럼 들려서 더 무서웠
다. 눈물은 더 나오지 않았다. 은결이는 똑바로 누워서 또 천장을
뚫어지게 보고 있었다.

조금 있으니 소리가 방으로 쿵쾅거리며 들어왔다.

"오빠, 우리 실뜨기할래?"

"으이그, 귀찮은데."

"오빠, 안 할 거야?"

"아니야."

은결이는 시큰둥하게 대답했다. 소리는 얄밉지만, 그래도 혼자
한준이 생각하면서 답답해하는 것보다는 실뜨기가 낫다.

"오빠가 지면 오빠 상자에서 내가 마음에 드는 거 하나 꺼내기!"

"그건 안 돼!"

"아무것도 안 걸면 시시하잖아."

"너는 뭘 걸 건데?"

"나는 걸 게 하나도 없는데."

"그럼 안 해!"

"알았어. 그럼 오빠가 하고 싶은 대로 다 하기."

"좋아. 정말이다!"

"그래."

은결이는 실뜨기에서 이기면 소리 머리를 세 대 콱, 쥐어박을 생
각이었다. 은결이는 손가락을 쫙 펴서 실을 걸었다. 소리는 새끼손

가락에 실을 걸고 엄지와 검지로 실을 들어 올렸다. 다음에는 은결이가 할 차례. 실을 손가락에 걸고 위로 들어 올렸다가 밑으로 내렸다. 그때였다. 그만 은결이 엄지손가락에 걸려 있던 실이 스르르 흘러내리고 말았다.

"와아! 내가 이겼다."

소리는 팔을 번쩍 쳐들고 좋아했다. 비밀 상자 안에 있는 걸 뺏기게 생겼다.

"야, 네가 손을 흔들었잖아!"

당연히 이길 줄 알았는데 이게 뭐람.

"아니야, 난 안 그랬어."

"그. 랬. 어!"

"안 그랬다니까."

"이게?"

소리가 계속 악을 쓰니, 은결이는 자기도 모르게 소리 머리를 콱, 쥐어박았다.

"우이씨, 왜 때려! 엄마한테 이를 거야!"

"엄마한테 말하기만 해 봐. 어떻게 되는지 알지?"

소리는 발버둥을 치며 울었다.

"이것들이 붙었다 하면 쌈박질이여!"

할머니가 은결이 방으로 들어왔다.

"은결이가 자기 거 주기 싫으니까 막 우겨. 져 놓고."

"그만들 혀! 오빠한테 은결이가 뭐여? 은결이가. 오빠라고 혀야
제. 그러믄 못 써. 나이도 한참이나 위인디."

할머니가 드디어 은결이 편을 들어 주었다. 은결이는 짐짓 마음
이 좋았다.

"으앙, 오빠가 실뜨기에서 져 놓고 내가 흔들었다고 거짓말했단
말이야."

"이것아, 왜 동생한테 우기냐. 지면 진 것이지."

"으아앙!"

소리는 더 크게 울었다.

"조용히들 혀라! 오빠가 돼서 욕심이나 부리고."

할머니는 은결이 머리를 살짝 쥐어박는 시늉을 했다. 윙크 한 방
과 함께. 윙크를 먹어도 은결이는 화가 풀리지 않았다.

"할머니는 맨날 소리 편만 들고. 몰라! 다 나가!"

할머니는 소리의 손을 잡고 방을 나갔다. 소리는 나가면서 혀를
쭉, 내밀며 약을 올렸다. 저걸 그냥!

'조금 전에 무섭다고 말했을 때는 할머니가 정말 내 편인 줄 알
았는데. 엘리베이터나 화장실 안에 있으면 숨 막혀 죽을 것 같다고
말했을 때도 내 편인 줄 알았는데…….'

다 소용없는 일이었다. 은결이는 방바닥에 놓여 있는 실을 아무
렇게나 마구 헝클어뜨려 휴지통에 휙, 던져 버렸다. 재구에게 전화
를 했다. 방 안을 열다섯 번이나 뱅글뱅글 돌았는데도 전화를 받지

않았다.

'대운동장에 가면 금방 만날 수 있을 거야.'

쿵쾅거리며 신발장에서 운동화를 꺼내 신었다.

"어디 가냐? 은결아, 아까는 소리가 하도 징징 짜길래 할 수 없이 그런 것이여. 맴 풀어라."

할머니가 은결이를 보고 한쪽 눈을 또 찡긋하며 말했다. 할머니가 윙크를 해도 마음은 풀어지지 않았다.

"나도 오빠 따라 나가고 싶은데. 오빠 어디 가?"

소리가 뽀르르 나오더니 할머니 뒤에 숨어서 은결이가 어디를 가나, 빼꼼 고개를 내밀고 쳐다보았다.

"알아서 뭐 하게!"

은결이는 문을 쾅, 닫고 나왔다. 터벅터벅 1층까지 계단으로 내려왔다. 분이 안 풀려서 그런지 15층에서 1층까지 내려오는데 다른 날보다 더 헉헉댔다. 티눈 돋은 발이 아파 절룩거렸다. 1층 현관을 지나 화단 옆 샛길로 들어섰다. 사람들이 밟고 지나다니는 길에는 풀들이 자라지 못했다. 뭐든지 밟히고 밟히면 자라지 못하는 거다.

'애들이 한준이를 놀리고 못살게 굴었을 때 나도 걔네들이랑 똑같이 했다. 틀림없이 한준이가 나까지 태형이 패거리 편을 들어서 죽으려고 한 거다. 한준이가 문자를 나한테 그렇게 보냈으니까.'

한준이는 옆 동 305호에 살았다. 중학교에 올라와서 갑자기 몸이 불어난 한준이는 반 애들의 놀림거리가 되기 시작했다.

"덩치만 큰 머저리! 찐따! 돼지 휴거!"

"쟤 만지면 손에 피부병 옮아."

남자애들이고 여자애들이고 한준이를 투명 인간 취급하면서 놀려 댔다. 한준이는 자기를 놀리는 반 아이들을 슬슬 피해 다녔다. 한준이가 슬금슬금 눈치를 보자 놀리던 아이들은 더 재미를 느꼈는지 갓 싸 놓은 똥에 달라붙는 파리 떼처럼 한준이 주위를 뱅뱅 돌았다. 한준이가 시무룩해져서 은결이 곁으로 오면 다른 아이들은 은결이까지 놀렸다. 학폭으로 신고를 할까 생각해 보았지만 용기가 나지 않았다. 한준이는 왜 신고도 안 하는지 모르겠다. 지가 피해자이면서. 오히려 한준이가 답답했다.

"구은결 쟤, 돼지 휴거랑 노네. 쟤도 찐따되고 싶은가 봐."

쉬는 시간이면 아이들이 은결이 책상에 몰려와서 큰 목소리로 물었다.

"헤이~ 찐따 투! 너, 찐따 원이랑 놀 거야? 안 놀 거야?"

은결이는 어떻게 해야 할지 안절부절 식은땀이 났다. 한준이를 놀리는 무리에서 제일 덩치가 큰 태형이가 은결이 책상으로 왔다.

"너도 혹시 휴거냐?"

"휴……거?"

"휴먼시아 거지. 저 돼지, 임대 아파트에 살았었잖아. 너도…… 혹시 휴거였냐고?"

한준이가 이사 오기 전 임대 아파트에 살았던 걸 어떻게들 알았을까? 치사하게 그걸로 놀리다니.

"휴거랑 놀거나 쌤한테 꼰지르면 너도 끝인 줄 알아! 죽빵을 날려 버릴 테니까. 신고하면 끝까지 따라간다."

태형이는 마지막으로 한마디를 툭 내뱉고 교실 밖으로 나갔다. 은결이는 어쩔 수 없이 한준이에게 점점 차가운 눈길로 대했다. 한준이를 피하게 되었다. 방법이 없었다. 한준이는 반에서 같이 놀 친구가 없어졌다. 그나마 은결이랑 어울렸는데 은결이가 한준이와 노는 것을 꺼리고 피해 다녔기 때문이다.

그러던 어느 날. 그날은 반 아이들이 체육 시간에 운동장에서 한준이를 빙 둘러싸고 놀려 댄 날이기도 했다.

"찐따! 머저리! 병신!"

"휴거! 뚱땡이! 또라이!"

태형이가 끼어 있는 남자아이들 네 명이 돌아가며 한준이에게 공을 던졌다. 태형이가 슬그머니 은결이한테 오더니 한준이한테 눈짓을 하며 공을 넘겼다. 한준이한테 던지라는 표정이었다. 태형이의 눈빛에 기가 눌려 은결이는 한준이에게 공을 던져 버리고 말았다. 그러자 나머지 아이들이 와! 하며 낄낄거렸다.

은결이는 더 이상 다른 아이들과 함께 거기에 서 있을 수가 없다. 배가 아프다고 말했다. 에라, 모르겠다, 하고 양호실에 가서 누워 버렸다. 마음이 편치 않았다.

'비겁해. 하지만 어쩔 수 없었어. 다른 방법이 없잖아.'

체육 시간이 끝나고 한준이한테 문자가 왔다.

네가 내 편 먹지 않으면 나는 살고 싶지 않아.

죽고 싶어.

문자를 받고 나니 마음이 더 복잡했다. 답 문자를 보낼 수가 없었다. 괴로웠다. 그래도 은결이는 한준이를 모른 척했다. 청소 당번이었던 한준이는 은결이를 한동안 서운한 눈길로 바라보았다. 한준이가 빗자루를 들고 교실 바닥을 쓸었다. 은결이는 한준이가 쓸어 버리는 먼지와 함께 교실을 나왔다. 죽은 쥐를 밟은 것처럼 기분이 더러웠다.

그날 오후 늦게, 한준이가 집에 찾아왔다. 벨을 누르고 기다리는 한준이를 화면으로 보니 마음이 불편했다. 체육 시간에 있었던 일도 있고 해서 집 안에 아무도 없는 것처럼 가만히 있었다.

"잠깐이면 돼. 은결아."

흠칫 놀랐다. 집에 있는 걸 알고 왔나. 망설이다가 문을 열었다. 겸연쩍게 문을 열어 주는 은결이를 한준이는 아무렇지도 않게 대했다. 한준이는 이것저것 묻지도 않은 이야기를 했다.

"엄마가 일을 하면서 난 저녁마다 혼자였어. 피자도 시켜 먹고 치킨도 시켜 먹고 라면도 끓여 먹고 계속 먹었어. 혼자 있는 게 심

심하고 무섭고 그랬어. 그러다 보니 살이 점점 찌더라. 나중에는
감당이 안 되더라고."

한준이가 하는 말이 은결이 가슴에 와서 콕 박혔다. 아무도 없으
니 혼자 얼마나 외로웠을까. 형제도 없으니 얼마나 심심했을까.

'내가 한준이 편을 들어 줬다면 한준이가 그렇게 되지는 않았을
까?'

한번은 청소 시간에 다른 아이들이 안 보는 틈을 타서 선생님에
게 말한 적이 있었다. 아이들이 한준이를 놀린다고 했더니 선생님
은 별거 아니라는 식으로 대꾸했다. 선생님 눈에는 그런 게 별게
아닌 것처럼 보이는 걸까? 선생님은 반 분위기를 알고 있으면서도
끼어들고 싶지 않은 눈치였다.

은결이는 그런 선생님이 너무 비겁하게 느껴졌다. 선생님에게
말하면 뭐라도 바뀔 줄 알았다. 선생님에게 말을 하면 고쳐질 줄
알았다. 선생님이라면 잘못된 걸 고쳐 줘야 하는 거 아닌가?

그래도 선생님은 선생님이니까. 그래도 우리랑 다른 어른이니까.

선생님은 은결이보다 훨씬 더 겁쟁이였다. 선생님이 치사하다고
생각한 다음부터는 수업 시간에 선생님 말이 귀에 잘 들어오지 않
았다. 엄마한테 말해 볼까 하다가 그만두었다. 빨리 2학년이 끝나
고 서로 다른 반에 배정되면 좋겠다는 생각만 굴뚝같았다.

그런 은결이 마음을 모르는 한준이는 쭈뼛거리며 은결이에게 뭔
가를 주었다. 정성스럽게 만든 미니 장갑차였다. 아직까지 장갑차

를 만들다니 한준이도 나랑 비슷한 취미를 가지고 있었네. 은결이는 창피해서 피규어 모으는 거를 아무한테도 말하지 않았다.

"이거 유치할지 모르지만 그동안 고마웠어. 너한테 주는 거야. 내 보물 1호."

"너 어디 가?"

"응, 전학 갈 것 같아."

전학을 간다는 말에 속으로 휴우, 하고 한숨을 내쉬었다. 이제 한준이를 피해 다니지 않아도 된다고 생각하니 마음이 놓였다. 한준이한테는 많이 미안했다. 은결이는 한준이가 준 장갑차를 만지작거리면서 힘들게 말을 꺼냈다.

"한준아, 네가 싫어서…… 그랬던 건 아니야……. 다른 아이들이 나까지……."

"나도 알아. 은결아, 미안해할 건 없어. 나라도 그랬을 거야. 이제 여기 안 살 건데, 뭐."

포기한 건지 아니면 이사를 가게 되어 마음이 놓이는 건지 한준이 얼굴이 편해 보였다.

그리고 며칠 후 그저께…… 장대비가 쏟아져 내리던 그날. 한준이가 베란다에서 떨어지는 사고가 난 것이다.

사고인지 아닌지 알 수 없었다. 같은 반 아이들은 서로 눈치를 보며 조용히 지냈다. 다 한통속이 되어 입을 다물고 있는 것 같았다.

'하지만, 아이들이 한준이를 놀릴 때, 따돌릴 때, 때릴 때……,

그때……, 나는…… 가만히 있었어.

나도 똑같이 공을 던졌어.

나도 태형이네랑 다를 게 하나도 없고 걔네들이나 마찬가지야.'

한준이가 그렇게 된 게 다 자기 잘못인 것 같아 은결이는 머리가 쭈뼛거리고 심장이 두근거렸다. 마음이 더 오그라들었다. 한준이가 사는 동 앞으로는 지나다닐 수 없었다. 다른 길로 돌아서 다녔다.

'한준아, 미안해. 그러려던 게 아니었어.'

한준이가 전학을 가려고 한 게 사실이었는지 알아볼 용기가 없어 엄마한테도 물어보지 못했다. 만약 전학을 가려고 한 게 아니라면, 그날이 은결이에게 마지막 인사를 하러 온 것이 확실해지니까.

은결이는 밤에도 불을 켜 놓고 잤다. 창밖을 내다볼 수도 없었다. 창밖에서 한준이가 은결이를 향해 손을 흔드는 것 같았다. 밤잠을 설치다가 간신히 잠이 들면 한준이가 나타났다. 손에는 장갑차를 들고 웃으며 따라왔다. 그런 날은 식은땀을 줄줄 흘리며 잠에서 깼다.

은결이는 더 이상 혼자 집에 있는 것도, 밤에 불을 끄고 자는 것도 못 하게 되었다. 물론 화장실에 들어가는 것도. 방문이건 창문이건 문이란 문은 열어 두어야 했다.

'한준아, 내가 잘못했어. 정말 미안해…….'

주르륵, 눈물이 흘러내렸다.

1층 화단 옆 샛길에 생쥐 한 마리가 죽어 있었다.

아무도 보지 못하는 으슥한 곳이었다.

티눈 때문에 은결이는 더 심하게 절룩거렸다.

티눈이 발바닥에 박힌 못처럼 날카롭게 느껴졌다.

13. 죽으면 허물을 벗는 거여

_ 할머니

"썩을 놈, 문 부숴지겠네."

은결이 이놈이 성질이 나긴 했을 거여. 나도 모르게 그만 소리 편만 들게 된다니께. 더군다나 무섬증에 벌벌 떠는 놈을. 내가 조금만 더 참을 것을. 꽉 막힌 곳에 들어가면 숨을 못 쉬는 병에 걸렸다니. 은결이 이놈이 겁나게 힘든 것이제. 어째야 쓰까. 지 에미한테 귀띔을 해 줘야 할랑가 부네.

"할머니, 우리 실뜨기하자."

어디서 났는지 소리가 옷 꿰매는 빨간색 실을 가져왔네그랴.

"알았당께. 그리 실뜨기가 재미져?"

"응. 재미있어."

"소리야, 오빠가 문을 못 닫는다는디 너 그거 아냐?"

“응. 화장실 들어가서도 문 열어 놔. 참, 그거 말하지 말라고 했는데. 할머닌 어떻게 알았어?”

“어, 고것이 말이여. 흠흠. 할미도 옛날에 그래 봐서 그냥 물어본 겨.”

큰 병은 아니겠지만 걱정되는구먼.

“소리야, 우리 실뜨기 마저 하잖께.”

소파에 앉아 한참 주거니 받거니 실 놀이를 하면서 열심히 손가락을 움직이는디.

“어이쿠!”

모양을 만들다가 그만 실이 톡 끊어져 부렀네.

“할머니. 몰라, 몰라. 실 끊어졌어.”

“뭔 놈의 실이 고로코롬 약하다냐?”

실이 끊어지니께 요상허게 영 기분이 찜찜해 부네. 실은 명줄이라고 허든디.

“할머니! 내가 가면 만들 차례였단 말이야.”

소리는 실이 끊어졌다고 징징 짜면서 억울허다고 정신 사납게 만들고. 끊어진 실을 휴지통에 버리면서도 영 개운치가 않네그랴.

“할머니, 실뜨기 실 또 만들어 줘.”

“소리야, 오늘은 그만허자.”

참말로 기분이 묘허네. 실 하나 끊어졌다고 뭐시 어떻게 되는 것도 아닌디. 다 미신이제.

"할머니, 우리도 나가."

"그러끄나."

나간다고 허니께 그새 소리 얼굴이 환해졌네.

"소리야, 오늘은 어디로 나갈끄나?"

"할머니 집에 가."

"할머니 집은 엄마가 와야 가제. 걸어서 갈라믄 너무 멀어. 차로 가야제."

"뭐가 멀어~~어!"

소리 이놈이 팔을 흔들며 뻗대는디 정신이 빠져 불겠네.

"가자, 가! 요놈의 황소고집."

소리를 데리고 헐 수 없이 밖으로 나왔제. 한여름이 될라믄 아직도 한참 있어야 허는디, 햇빛이 따갑네그랴. 소리는 밖에 나오니 기분이 한결 좋은가 본디. 소리 손을 잡고 아파트를 빠져나왔네.

'고 녀석, 어디로 갔다냐?'

여기저기 둘러봐도 은결이 녀석은 벌써 보이지 않네그랴.

"소리야, 우리 여그 놀이터에서 놀끄나?"

"싫어. 할머니 집에 갈 거라니까!"

"왜 할미 집에 갈라고 그러냐?"

"거기 가면 좋아. 꼬불꼬불 길로 들어가서 잠자리 잡을래. 다롱이도 보고 싶단 말이야."

"그리 좋아? 이쁜 내 새끼. 걸어서 갈라믄 힘들 것인디."

소리가 말한 꼬불꼬불 길은 묘지 길인디.

"소리야, 무덤 많은 길로 가믄 넌 안 무서운 겨? 으흐흐, 귀신 나올까 봐 이 할미는 무서운디."

아파트 쪽문을 나서며 물었는디,

"난 안 무서워. 뭐가 무서워? 허물들이 모여 있는 거잖아."

소리가 콧물을 쓰윽, 닦음시롱 말허네.

"허물? 뭔 말이여?"

"할머니가 매미 허물 보고 그랬잖아. 죽으면 허물을 벗는 거라고. 허물들만 모여 있는 건데 뭐가 무서워."

그제야 소리헌테 했던 말이 생각났네.

"아아, 그려, 그려. 우리 소리 말이 맞당께."

지나가면서 했던 말인디, 소리가 그 말을 안 잊어뿔고 기억하고 있었다니. 대견헌 놈. 소리랑 아파트 담장을 끼고 나와 차들이 많이 댕기는 2차선 길로 나왔제. 맞은편 언덕배기 집들은 사람들이 몽땅 이사해서 귀신이 나올 것 같구먼. 2년 전까지 우리 딸내미 집도 저기 막다른 골목에 있었는디 참말로 세월 빠르네. 이짝으로 쭉 큰길을 따라가믄 또 다른 아파트가 나오제. 그 아파트를 지나면 산자락 밑에 송암 보육원이 있고.

'허리가 아프기 전에는 자주 거그 가서 아그들도 돌보고 일손도 돕곤 혔는디.'

아파트로 가는 중간쯤 오른짝에 있는 '해송 장례식장'을 끼고 돌아 들어가믄 거기서부터 묘지 길이고.

"할머니, 나 아이스크림 사 줘."

소리는 길가에 있는 '남양상회'를 가리키며 칭얼거리네. 남양상회는 큰 철판으로 맹근 박스 같은 가게여. 처음에는 잠깐 임시로 있다가 제대로 지을라고 했든 거 같은디 이미 꽤 오래된 가게가 되어부렀제. 문은 군데군데 녹이 슬었고, 손잡이도 벌써 망가져 부렀어. 남양상회 앞에는 하얀 국화꽃이 겁나게 쌓여 있어. 공원묘지로 가는 손님들이 많이 들르는 가게라서 꽃이 항시 많제.

"아직 아이스케키 먹으믄 못써! 기침 똑 떨어질 때까지 참아야지."

뒷짐을 지고 남양상회를 지나쳐서 가는디 소리는 팔을 흔들어 대며 쫓아옴시롱 또 떼를 쓰며 고집을 부리네.

"임달맑 씨~ 나 아이스크림 먹고 싶단 말이야."

두꺼운 안경 너머로 눈물이 그렁그렁한 소리가 울상을 짓는 거여. 소리는 떼를 쓸 때 항상 '임달맑 씨'를 불러 대며 칭얼거리걸랑. 그라믄 못 이기는 척, 들어줄 수밖에 없당게.

"그라믄 지금 아이스크림 묵고, 내일 병원 가서 큰 주사 한 대 푹 맞어 뿔자."

병원 가는 게 딱 질색인 소리는 다시 울상이 되었제.

"알았어! 안 먹으면 되잖아! 이제 임달맑 씨랑 안 놀아!"

소리는 화가 나서 발을 통통 구르며 앞으로 쌩하니 걸어갔제. 성큼성큼 걸어가는 소리 뒤를 쫓아갔는디 순간적으루다가 아이스케키를 사 줄까 망설여지더랑게.

'안 돼.'

도리질을 혔지.

"소리야, 할매가 업어 주끄나?"

소리를 쫓아가서 팔을 잡아 세워, 등빠닥을 내밀었제.

"치."

소리는 마지못해 내 등에 업혔당께.

우리 애기 금동 애기 둥개 둥개야.

꼬사리로 집을 짓고 원추리로 대문 달아

대문 밖에 선 큰 애기 금을 줄까 옥을 줄까

해님 같고 달님 같은 우리 애기 예쁜 애기.

도로를 따라 나무 울타리가 낮게 둘러쳐져 있고, 그 울타리 너머에 공원묘지가 있제. 나무 울타리는 허연 페인트칠이 겁나게 많이 벗겨져 부렀어. 담장 너머로 무덤들이 빼곡히 줄을 맞춰 늘어서 있고. 무덤 사이사이에 꼭 머리에 난 가르마마냥 작은 오솔길들이 나 있제.

'참말로 작은 길이여. 나도 죽으믄 저런 길로 갈끄나.'

막 묘지 길로 들어서는디 휘청, 다리가 풀렸제.

"할머니, 무거워?"

"아녀, 아녀. 우리 이쁜 강아지는 새털처럼 가볍제."

"히히, 난 강아지 아닌데…….."

사실은 소리를 업은 허리가 뻑뻑혔어. 하지만 참을 만혔어. 한참을 흥얼거리며 앞으로 걸어가는디.

"할머니, 나 내려 줘."

"왜?"

"저기 길 옆에, 무덤 옆에, 뭐가 반짝거리는 게 보여."

"그려? 뭐시 반짝거릴꼬? 에고고, 허리야."

소리를 내려놓을라고 기우뚱, 허리를 숙였는디 바로 그때였당께. 구부러진 길에서 자동차 한 대가 쏜살같이 튀어나오는 게 보이는 거여.

"어~ 어!"

소리를 지를 새도 읎이 그놈의 차가 미친 듯이 속력을 냈당께. 눈 깜빡할 순간이었당께. 차를 피할라고 막 뒤돌아서는디 바로 뒤에서 은결이가, 우리 이쁜 은결이가 언제 왔는지 이 할미를 부르며 손짓을 하는 게 보이는 거여. 순식간이었당께.

꿍, 비명도 지르지 못허고 정신을 잃어버렸네. 오른쪽 가슴이 뻐근혔어.

14. 엄마 때문이야!

_ 은결이

　재구는 대운동장보다 집에 있을 확률이 더 높다. 오늘은 학원 쉬는 날이니까 게임이나 하고 있겠지.

　재구네 집은 뒷동 11층이다. 숨을 크게 한 번 쉬고 11층까지 올라갔다. 집 앞에서 초인종을 아무리 눌러도 대답이 없다. 휴대폰으로 전화를 했다. 이번에는 받았다.

　"재구야, 너 어디냐?"

　"학원."

　"오늘 안 가는 날이잖아? 전화해도 안 받아서 집에 있는 줄 알았지."

　"죽겠다. 학원 하나 더 늘었다. 웬일?"

　"그냥, 너 보려고. 다시 내려가야지, 뭐."

"너, 엘베 혼자 못 타잖아."

"할 수 없잖아. 여기서 너 올 때까지 기다릴 수도 없고. 걸어 내려가야지, 뭐."

"큭큭, 안됐다. 미안하다. 집에 없어서."

"다음엔 집에 있어라."

올라올 때는 어떻게 해서 올라왔지만 또 걸어 내려갈 생각을 하니 은결이는 기운이 쭉 빠졌다. 엘리베이터를 타야 할 것 같았다. 벌써부터 숨이 콱 막혔다. 엘리베이터가 천천히 11층으로 올라오고 있었다. 다른 사람이 타고 있으면 그나마 함께 탈 수도 있을 텐데…….

아침에 학교 갈 때는 사람들이 한꺼번에 많이 타기 때문에 눈 딱 감고 아이들과 섞여 엘리베이터를 탈 때가 있다. 집에 올 때도 함께 오는 아이들과 우르르 엘리베이터를 탈 때도 가끔 있다. 하지만 혼자 있을 때는 절대, 절대로 탈 수가 없다.

지금은 은결이 혼자다. 엘리베이터가 왔다.

"11층입니다."

은결이는 번쩍 눈을 떴다. 기분 나쁜 목소리 뒤에는 아무도 서 있지 않았다. 망설이다가 결국 타지 못했다. 엘리베이터는 15층까지 올라갔다가 다시 내려오기 시작했다. 누가 15층에서 엘리베이터를 타고 내려오고 있으면 좋겠는데. 일단 내려가는 버튼을 잽싸게 눌렀다.

"11층입니다."

문이 열렸다. 은결이보다 훨씬 작은 여자아이가 안에 있었다. 눈을 동그랗게 뜨고 은결이를 쳐다봤다. 저렇게 작은 여자아이도 혼자 타고 내려오는데 나는 왜 이럴까. 자존심이 상했다. 은결이도 아무렇지 않은 듯 성큼 엘리베이터에 발을 밀어 넣었다.

'나를 공포로 몰아넣는 게 기껏 이런 하잘것없는 엘리베이터라니. 냄새나는 화장실이라니.'

하지만 그렇게 생각하는 것도 잠시, 벽이 자꾸만 조여드는 것 같아 숨 쉬는 게 힘들기 시작했다. 죽을 것만 같았다. 엘리베이터 줄이 끊어져서 밑으로 추락할 것 같았다. 손발이 떨리고 식은땀이 나기 시작했다. 이런 내 모습, 너무 황당하고 이해할 수 없어. 하지만 두렵다는 생각이 드는 순간, 그건 공포가 되어버린다. 꼼짝 못 하게 하는 동아줄이 되어 온몸과 마음을 꽁꽁 묶어 버린다. 시도 때도 없이 녀석이 찾아온다. 그럼 은결이는 꼼짝없이 당하고 만다.

할머니가 용한 부적을 준다고 걱정하지 말라고 했다. 그래도 왠지 은결이를 이상한 눈으로 보는 것 같았다. 2주일에 한 번씩 오는 아빠는 얼굴 보기도 힘들다. 용기 내어 엄마한테 말했더니 이상한 괴물 취급이나 당했다.

다른 생각을 하고 있으니까 다행히 견딜 만했다. 엘리베이터 문 가까이 서 있는 여자아이 뒤통수를 보면서 마음을 다잡았다. 별일 없을 거야. 아무 일도 일어나지 않아. 말이라도 붙여 봐야겠다.

"꼬마야, 엘리베이터 혼자 타면 안 무섭니?"

"응."

뒤통수가 말했다. 더 이상 할 말이 없었다. 은결이는 무서워서 혼자 못 탄다고 할 수도 없고, 지금은 숨이 콱 막혀 죽을 것 같다고 말할 수도 없고. 위잉, 엘리베이터가 밑으로 내려가고 있는 중이었다. 은결이는 심호흡을 하면서 벽을 손으로 잡고 눈을 꽉 감아 버렸다. 버티기가 너무 힘들었지만 꼬맹이인 뒤통수보다 못한 중딩은 되기 싫어 꾹 참았다.

1층에서 내린 여자아이는 팔랑거리며 상가 마트로 쏙 들어갔다. 은결이는 가쁜 숨을 고르고 다리를 절룩거리며 대운동장 쪽으로 걸어갔다. 의자에 걸터앉아 농구하는 아이들을 바라보았다. 인라인스케이트를 타는 아이들이 가끔 은결이 앞을 스쳐 지나갔다.

'다 엄마 탓이야. 그때 그 일 때문이라고. 도대체 엄마는 왜 그랬을까?'

의자 끝에 걸터앉아 바닥을 기어가는 개미들을 보았다. 바닥에 떨어진 과자 부스러기에 새까맣게 모여드는 개미들이 바쁘게 움직였다.

'엄마는 내가 그렇게 미웠을까? 어떻게 나를 화장실에 가둘 수 있었을까? 그것도 유치원에 다니는 꼬맹이를.'

화장실 안에 왜 갇히게 되었는지는 전혀 기억나지 않았다. 아무것도 보이지 않는 깜깜한 어둠 속에 있었던 것만 기억난다. 긴 시간이었는지 짧은 시간이었는지도 잘 모르겠다. 컴컴한 괴물의 배 속에 갇혀 꿀꺽 삼켜진 것만 같았다. 너무 무서워 오줌을 지리면서 엉엉 소리 내어 울다 울다 지쳐서 쓰러졌었다.

'엄마를 도저히 용서할 수 없어.'

은결이는 발로 개미들을 뭉개 버렸다. 개미들이 한순간 방향을 잃고 우왕좌왕했다. 은결이는 벌떡 일어나 다리를 절면서 대운동장을 가로질러 갔다. 할머니와 소리가 아파트 쪽문을 나서는 게 보였다. 아무래도 할머니한테 그 부적을 달라고 해야겠다. 당장 오늘 밤이 문제였다. 한준이 때문에 불안해서 그런지 평소와 다르게 더 답답했다. 엘리베이터 안에 있는 것도 아닌데 자꾸 어지럽고 미식거리고 숨이 가빠 쓰러질 것만 같았다.

할머니와 소리 뒤를 부지런히 쫓아갔다. 둘은 묘지 길로 들어섰다. 소리를 업고 있는 할머니를 거의 다 따라잡았다. 뒤로 몰래 다가가 놀래키면 재미있을 것 같았다. 등 뒤에 매달려 있는 소리를 한 대 툭 치려고 할 때였다. 갑자기 자동차 한 대가 모퉁이에서 튀어나왔다. 무서운 속도였다.

"위험해요!"

은결이가 소리쳤다. 할머니는 은결이 목소리를 듣지 못한 것 같았다. 자동차가 이쪽으로 미친 듯이 달려왔다.

"할머니!"

15. 하늘 구멍

_ 할머니

간신히 고개를 들고 일어나 앉았는디…….

뻐근했던 오른쪽 가슴께가 거짓말처럼 금세 멀쩡해지더랑께. 그란디 등 뒤에 업혀 있던 소리가 길바닥에 쓰러져 있고 우리 은결이가 그 뒤에 엎어져 있는 거여.

 -오메, 이게 뭔 일이다냐. 은결아! 소리야! 아가!

소리를 흔들었제. 은결이를 일으켰제. 그란디 이상한 거여. 그 쬐깐한 소리 손도 안 잡히고, 은결이 얼굴도, 아무것도 잡히지 않는 거여. 은결이도 소리도 그대로 있드랑께. 에그머니, 손바닥을 내려다보고는 놀래 부렀제.

 -워메, 이게 뭐시다냐!

손바닥이 희미헌 게 손 뒤에 있는 것도 뿌옇게 보일 지경이드란 말이시. 쓰러진 소리 옆에 소리 안경도 찌그러져서 팽개쳐져 있고, 은결이도 그 옆에 엎어져 있는 거여. 초여름 해가 뉘엿뉘엿 기울어 어둑해지는 묘지 길에는 아무 소리도 들리지 않았당께.

꽉 조이는 옷을 벗듯이 쑤욱 어디를 빠져나온 것처럼 가뿐했어. 꽃 냄새가 향긋허게 퍼졌제. 윙윙 벌들이 떼 지어 가는 것 같은 소리도 들려왔고.

그란디 은결이 옆에 누가 누워 있는 거여.

―음메, 이것이 누구여?

다리가 푹, 꺾였제.

―나 아니여? 음메 나여, 나. 내가 죽은 것이다냐? 워메, 이를 어쩐다냐?

몸 구석구석을 만져 보았제. 손에 잡히지 않았어. 몸은 둥둥 떠 다니고.

―소리야! 은결아! 아가 일어나야! 어서!

아무 소용이 없었제. 만질 수가 없는디. 정신을 차리고 보니 길 옆에 검은색 자동차가 서 있더란 말이시. 움직이지도 않고 그대로 멎은 듯이 서 있던 차 안에서 사람이 내렸당께. 사내였어. 사내는 말끔한 양복을 입고 있었제. 그란디 얼굴이 벌겋게 달아 있더란 말이시. 술을 한잔한 낯짝이었제. 사내는 조심스레 이쪽으로 와서는 애들을 살펴보드라고. 그라고는 주위를 두리번두리번하드란 말이시.

−아이고, 뭘 그리 꾸물거리요. 빨리빨리 병원에 데려가야제!

큰 소리로 말혔지만 사내 귀에는 들리지 않았제. 두리번거리던 사내가 슬금슬금 다시 차 쪽으로 가드니 문을 열었당께.

−그려, 언능 차에 태우고 가드라고!

사내가 운전석에 앉았어. 시동을 걸었는디, 그라고는 이 썩을 놈이 쏜살같이 그 자리를 내빼 부는 것이여.

−저 쳐 죽일 놈! 그냥 가 블믄 어쩐다냐! 이놈아. 이 오살헐 놈아! 우리 소리 은결이 다 죽네. 우리 아가! 이를 어쩐당가. 지금 못 죽는당께. 못 죽어! 이를 어째야 쓰까. 누구 없소? 누구?

−할머니, 이제는 어쩔 수 없어요.

−없어요.

웬 남자아이가 다가오는 거여.

−넌 누구냐?

그 아이가 빤히 쳐다보더란 말이시. 은결이보다 작은 남자아이였제.

−니 눈에는 내가 보이는 겨?

−네.

−그라믄 언능 어른들한테 연락혀서 우리 아가 좀 병원에 데려가라고 혀라.

−그건 할 수가 없어요.

−없어요.

아이가 말하니께 주머니에 있는 꽃이 몸을 흔들며 따라서 말하는 거여.

　-왜?

　-저도 이미 죽은걸요.

　-뭐라고? 니도 죽은 목숨이라고?

　-네. 저는 눈깜빡이라고 해요.

　-난 꽃별이고요!

　-이를 어째야 쓰까. 우리 아가들 이러다 죽겄네. 나는 못 죽는다, 우리 애들 살리기 전에는 못 죽는당께. 눈깜빡인지 뭔지 모르 겄지만 나 쪼까 살려라이!

　아그들 손도 얼굴도 머리카락도 만질 수 없었당께.

　-할 수 없어요. 이미 할머니는 할머니의 몸에서 나온 것 같으니까요.

　-아이고, 나는 못 죽는당께. 못 죽어. 나 좀 다시 살려 줘야 쓰겄소. 누가…… 나 쪼까 살려 주시오. 거그 누구 없소? 우리 애들 병원에 데리고 갈 동안 만이라도 나를 좀 살려 주랑께요. 워메, 워메, 어째야 쓰까.

　그때, 조금 전 까만색 자동차가 지나갔던 길모퉁이에서 이번에는 파란색 트럭이 달려오네. 낡아 빠진 트럭이 천천히 오던 중이었는디 앞에서 끼익~, 멈추드라고. 차에서 모자를 쓴 사내가 내렸어. 사내는 쓰러져 있는 아그들을 보고는 얼른 전화를 걸더란 말이시.

전화가 잘 안 걸리는지 소리하고 은결이를 재빨리 차에 옮겼제. 내 몸뚱이까지 옮기고는 쌩, 달려서 가까운 '우리 병원'으로 갔제.

응급실 침대에 소리, 은결이, 내가 나란히 눕혀졌어. 흰색 가운을 입은 의사들이 달려 나왔제. 의사들은 내 목에 손을 대 보고, 손목을 짚어 보고, 눈을 까뒤집어 보고, 가슴에 청진기를 대 보았어.

"이 할머니는……."

의사들은 자기들끼리 눈을 주고받으며 머리를 절레절레 흔들었고.

─의사 양반 나 쪼까 살려 주씨요.

옆에 서 있던 젊은 의사 양반의 손을 덥석 잡았는디 젊은 의사가 내 몸을 지나서 가 버리드란 말이여. 뒤따라서 머리가 희끗희끗한 담당 선상님도 들어왔제. 조금 떨어진 곳에서 눈깜빡이라는 아이와 꽃이 물끄러미 쳐다보고 있었제.

─할머니는 몸에서…… 이미 완전히 나왔어요. 숨구멍도 닫혔고. 다시 돌아가기는 힘들어요.

의사 양반들이 이번에는 소리와 은결이를 검사하기 시작했어.

"이상하군. 외상은 없는데 의식이…… 뇌진탕인 것 같은데. 정밀 검사를 해 봐야겠어."

소리와 은결이가 검사실로 옮겨졌제.

─우리 딸내미헌티는 내가 꼭 필요헌디.

힘이 쪼옥 빠져서 검사실 앞 의자에 털썩 주저앉어 부렀어. 그제야 정신이 드는 것 같았당께. 눈깜빡이라는 애가 옆에 조용히 앉아 손을 잡아 주었제.

　─우리 미라가 무지 고생을 했당께……. 사위가 사업을 하다가 망해 부렀어. 지금은 어디 지방에 있는 회사를 다닌다고 허는디, 거그서도 월급이 제때 안 나와. 그러니 은결이, 소리를 거의 혼자 벌어서 키우고 있당께. 가장이여. 내는 살 만큼 살았지만 미라는 이제 팔팔한 나이여. 소리, 은결이도 더 키워야 허고……. 내가 살아서 우리 미라 옆에서 도와줘야 허는디……. 이렇게 내가 가 불믄 누가 아그들 봐 준다야? 우리 소리, 은결이 밥도 챙겨야 허고 학교 댕겨오믄 간식도 챙겨 줘야 허는디.

　─걱정하지 마세요. 손자 이름이 은결이예요? 이름이 참 예뻐요. 소리라는 이름도 예쁘고.

　눈깜빡이가 옆에 앉아 내 어깨에 손을 얹어 주었제. 아주 작은 손이었는디 나를 꼭 안아 주는 것만 같았당께.

　─우리 미라가 대학을 꼭 가고 싶어 혔어. 친구 중에 대학 나와서 출세를 엄청 해분 친구가 있었제. 미라는 지 아버지 일찍 여의고 집이 어려운께 끝까지 갈치지도 못허고……. 아직도 고등학교 1학년 때 수학여행 못 보낸 게 한이여. 이 애미가 몸져누워 버려서 미라가 고생고생혀서 공부했제. 지가 벌어서 결혼도 스물두 살 때 했당께. 빨리 결혼해서 가정을 맹글고 싶다고 혔어. 불쌍한 내 딸내미. 금쪽 겉은 내 새끼……. 고생 그만허고 허리 피고 살아야 허

는디.

휴우, 한숨이 나오네.

─근디 말이시. 살고 죽는 문제는 아무도 모르는 것이네. 그랴. 사는 게 말이여. 한바탕 꿈같구먼. 살아 봉게 눈 깜짝할 사이랑게. 문밖이 황천이라는 말이 딱 맞구먼. 니도 죽었담서 왜 아직 이러고 있다냐?

─나도 잘 몰라요. 하늘로 올라가다가 다시 이리로 내려왔어요. 묘지 길로요.

─잉, 나도 묘지 길에서 이리로 왔제. 니도 맴 편히 묵고 이제 좋은 곳으로 가야제. 이리 떠돌고 있는 거 보니께 천수를 다 못 누린 것이로구먼. 뭔가 맺힌 것이 있는 모양이네. 그라니께 여그를 못 떠나는 것이제. 어린 것이 안돼 부렀다.

눈만 껌뻑거리고 있는 아이의 손을 잡아 주었제.

─이제 먼저 간 영감탱이나 보러 갈 수 있을까 모르겄네……. 미라야. 이 에미가 올라가서 좋은 자리루다가 네 자리 맹글어 놓을 텡께 쉬엄쉬엄 있다가 와. 너무 빨리 오지는 말고.

하고 싶은 말들을 하고 나니 속이 뻥 뚫리는 것처럼 후련허고 시원했제.

─어, 근디 이상허네. 뭐가 자꾸 배꼽 있는 디를 잡아댕겨. 저 위에서 말이여.

─할머니도 올라가실 건가 봐요.

-뭣이라고? 위로? 하늘에 구녕이 있는 것이 맞나 보네. 삼신할미가 아가들 점지해 주든 구녕이 있거든.

　-구녕이요?

　-잉, 구멍. 하늘구멍 말이여.

　-어떤 할아버지도 하늘 위로 올라갔어요. 할머니도 이제 위로 올라가시게 되나 봐요.

　몸이 점점 더 희미해지더니만 갑자기 몸이 위로 붕 떠오르더랑게. 병원 천장을 지나 위로 천천히 올라갔는디 눈깜빡이도 따라 올라왔제. 병원 지붕을 지나서 위로 계속 올라가는디 하늘 저짝 위에서 빛이 흘러나오드라고.

　-이 병원 지붕은 내가 처음 하늘로 올라가다가 본 지붕이랑 똑같아요.

　눈깜빡이가 병원 지붕을 내려다보며 말했제.

　-할머니, 전 여기까지밖에 같이 못 갈 것 같아요. 잘 가세요. 저도 곧 갈 거예요.

　-그려? 내는 지금 올라가는가 부다. 저그 위에서 언능 오라고 잡아댕기는디. 눈깜빡아, 이상하게 말이여. 마음이 푹 놓인당께. 나는 이제 올라가야 쓰겄다. 너도 언능 뒤따라오고 말이여. 이거 받어라.

　-뭐예요?

　-비녀. 옛날에 쪽찐 머리가 풀어지지 말라고 머리에 꽂았던 것

이제.

  －비녀 끝에 초승달처럼 생긴 게 붙어 있네요. 예뻐요.

  －우리 엄니가 나한테 준 거여. 이것을 몸에 지니고 있으믄 좋은 일이 생긴다고 하셨당께. 우리 손자 은결이가 무섬증에 걸려서 줄라고 혔는디 이제는 그리할 수가 없네그랴.

  －손자 주려고 했던 건데 제가 가져도 될까요?

  －그럼. 이제 나는 손자하고는 다른 세상 사람이라 갈 길이 달러. 숨이 끊어졌을 때 내 옆에 있어 줘서 참말로 고마웠구먼. 니가 읎었으면 혼자 이러지도 못하고 저러지도 못하고 우왕좌왕 진짜 똥줄 빠질 뻔혔어.

  비녀를 눈깜빡이 손에 꼭 쥐여 주었어.

  －작은 지팡이 같아요. 마음이 든든해요. 고마워요, 할머니.

  －그려, 너두 언능 네 자리를 찾아가거라.

  －네, 할머니. 잘 가세요.

  눈깜빡이가 나에게 손을 흔들었어. 나도 눈깜빡이에게 손을 흔들어 주었고. 위로 올라가자 발밑으로 마을이 보였제. 불빛이 하나둘 켜지고 있는 아파트들도 보였고. 길가에 세워진 가로등에도 하나둘 불이 켜지고. 쌩쌩 달리고 있는 차들도 보였고. 이제 그런 것들은 다른 세상의 일들처럼 아득하게 느껴진당께.

  세상은 모든 것이 바쁘게 움직이고 있네.

  내 맴은 그곳에서 벗어나 편안허고.

멀리 병원 응급실이 보이는디 미라가 허겁지겁 달려오는 것도 보이네그랴.

−내 새끼, 너무 슬퍼하지 말랑께. 나는 좋은 곳으로 가고 있으니께, 걱정하지 말고. 미라야, 뛰지 말고 천천히 걸어라. 다친다. 조심혀!

−어? 저 아줌마가 할머니 딸이에요?

−그려. 내 금쪽같은 딸, 미라여. 눈에 넣어도 안 아픈 내 딸 미라.

마지막으로 딸 미라를 오래오래 보았당께. 위를 쳐다보니 멀리서 희미하게 빛이 모여 있는 게 보였어.

얼굴에 미소가 번졌제. 천천히, 아주 천천히.

하늘 한쪽 구석에서 달빛이 맑게 비치고 있었어.

태어났던 날처럼 보름달이었제.

16. 돌아와

_ 송미라 씨

송미라 씨는 응급실 문을 벌컥 열어젖혔다. 소독약 냄새가 코를 찔렀다.

"엄마! 소리야! 은결아! 엄마!"

계속 눈물이 흘렀다. 응급실 침대 두 칸에 환자가 있었다. 왼쪽 침대에는 흰색 천이 덮여 있었다. 오른쪽에는 피투성이가 된 환자가 누워 있었다. 의사들이 환자의 다리를 꿰매고 있었고, 그 환자는 아프다며 고래고래 소리를 지르고 있었다. 간호사들이 왔다.

"임달맑 씨 보호자 되세요?"

"제가 딸이에요. 어떻게 된 거죠?"

의사 한 명이 가운을 고쳐 입으며 응급실로 들어왔다.

"임달맑 씨는 안타깝게도 병원에 도착하기 전에 사망하셨습니다. 뇌출혈입니다."

다리가 풀려 털썩 주저앉았다. 눈물이 왈칵 솟았다.

"확인하십시오."

의사는 흰색 천이 덮여 있는 침대로 갔다. 천을 들어 보여 주었
다. 누워 있는 할머니는 눈을 감고 편안히 자는 것처럼 보였다.

"엄……마! 엄마~아! 안 돼. 내 목소리 안 들려? 엉? 이게 웬 날
벼락이야. 일어나라고……. 흑흑. 웬 미역국인가 했더니 엄마도 어
제 생일이었잖아……. 난 그것도 몰랐어. 엄마, 미안해서 어떻게
해. 나랑 같은 날 생일이잖아."

흐르는 눈물이 할머니의 감긴 눈에 흘러내렸다. 송미라 씨는 할
머니가 돌아가셨다는 게 믿어지지 않았다.

"우리 엄마 언제 돌아가신 거죠?"

"교통사고입니다. 임닭맑 씨는 즉사하셨습니다. 뺑소니 같습니
다. 병원으로 모셔 온 분은 사고 난 곳을 지나가다가 어머니하고
아이들을 발견하곤 태우고 오셨고요. 뇌에 출혈이 있으셨는데, 특
별한 외상은 없었습니다. 안됐습니다."

"뺑소니라니. 이를 어쩌면 좋아."

송미라 씨는 할머니의 손을 부여잡고 주무르기 시작했다. 혹시
깨어날 수 있을까, 혹시 눈을 뜰 수 있을까, 얼굴을 쓰다듬었다.

"엄마, 엄마아!"

누워 있는 할머니는 아무런 반응이 없었다.

"선생님! 우리 소리는요? 은결이는요?"

"예, 지금 검사 중입니다. 둘 다 특별한 외상은 없고요. 눈 옆에 찰과상 정도인데, 의식이 아직 없습니다. 지켜봐야죠."

"우리 애들 어디에 있나요?"

"저를 따라오세요."

간호사가 송미라 씨를 부축했다. 간호사는 검사실 앞으로 갔다. 창문으로 소리가 보였다. 옆 검사실에는 은결이가 있었다. 은결이는 누운 채 어떤 통 안으로 천천히 들어가고 있는 중이었다.

"조금 있으면 MRI 검사 끝나고 일단 병실로 옮길 겁니다. 중환자실에 자리가 없어서요. 자리가 나는 대로 옮겨 드릴 겁니다."

"소리야~ 은결아~ 이 엄마를 두고 어디를 가려고 그러니. 제발 돌아와."

마치 꿈을 꾸고 있는 것만 같았다.

'정말 엄마가 돌아가신 건가? 우리 애들은?'

아직도 믿어지지가 않았다. 복도 끝에 있는 창문으로 어둑어둑해지는 하늘이 보였다. 나무 그림자가 길게 복도 바닥에 누워 있었다.

'엄마……. 소리야. 은결아.'

눈물이 흘러내렸다. 송미라 씨의 가슴 저 밑바닥에서 뜨거운 것이 차올랐다.

17. 브라흐마의 구멍

_ 은결이

은결아······.

누가 은결이를 부른다. 눈이 떠졌다. 눈앞이 몽땅 뿌옇다.

'어? 여기가 어디지?'

은결이는 버둥거려 보았다. 소용없었다. 몸을 마음대로 움직일 수가 없다. 어떤 통 안이었다. 통은 아주 천천히 움직이고 있었다. 왼쪽 가슴이 따끔거렸다. 머리가 아팠다. 너무 무섭다. 소리치고 싶다. 하지만 입이 움직여지지 않는다. 가죽 부대에 둘러싸여 있는 것 같다. 갑갑하다. 눈을 떠 봐도 흐릿하고 희미하다.

'살려 줘! 엄마! 나 갇혔어. 구해 줘! 할머니!'

눈이 감기면서 스르르 잠이 쏟아진다. 나비 한 마리가 날아오는 게 보인다. 날개를 퍼득거릴 때마다 꽃 냄새가 살살 퍼진다.

'엄마아…… 할머니이…… 나 잠이 너무 와.'

붕붕, 앵앵, 벌들이 날아다니는 소리도 들려온다. 그네에서 사뿐히 내려앉을 때처럼 몸이 붕 뜨는 것 같다. 그러다가 발이 땅에 닿았다. 은결이는 천천히 몸을 움직여 보았다. 발가락부터 다리, 허벅지, 허리, 팔, 손가락, 어깨, 목이 조금씩 움직여졌다. 무슨 동굴을 통과하는 것 같았다. 옷을 벗듯이. 마지막으로 아팠던 머리를 움직일 때였다. 머리 꼭대기가 따끔했다. 머리카락이 몇 개 뽑히는 것처럼.

은결이 몸이 어떤 구멍을 지나서 쑤욱, 빠져나왔다. 시원했다. 맴맴 매미 우는 소리가 들리는 것 같았다. 꽃 냄새가 좋았다. 밑을 내려다보았다. 어떤 통이 천천히 움직이고 있었다. 그 안에 누가 누워 있었다.

"어? 저거 나잖아?"

안경을 끼지 않았는데도 잘 보였다. 이상했다. 눈을 여러 번 깜빡거려 보았다. 그래도 모든 것이 잘 보였다. 머리 아픈 것도 깨끗이 나았다.

-그래, 너야.

어떤 남자애가 가까이 와서 말을 걸었다.

"깜짝이야!"

그 남자애가 둥둥 떠서 은결이한테 왔기 때문이다.

"넌 누구니?"

-난 눈깜빡이라고 해.

-난 꽃별. 넌?

이상한 남자애의 윗주머니 안에서 꽃이 머리를 내밀고 은결이에게 물었다. 으악, 꽃이 말을 하다니.

"나, 난…… 은결이."

목소리가 기어 들어갔다.

-넌 방금 너의 몸에서 나왔어.

눈깜빡이라는 남자애가 말했다.

"뭐라고? 내가 몸에서 빠져나왔다고? 매미처럼 허물을 벗은 거야? 그럼 이제 엄마 아빠도 할머니도 못 만나?"

금방 울음보가 터질 것처럼 코끝이 찡했다. 은결이는 이상한 남자애 옆에 둥둥 떠 있었다.

-하지만 돌아갈 수 있어. 넌 아직 몸에서 나올 때가 안 된 것 같아.

-안 된 것 같아.

꽃은 눈깜빡이라는 애의 말을 열심히 따라했다. 남자애가 누워 있는 은결이 몸을 살펴보았다.

-영혼이 빠져나오는 문이 있는데 잘못 열린 것 같아.

"영혼이 문을 빠져나와?"

-그래. 브라흐마의 구멍이야. 머리 꼭대기에 있는데, 두 개의 큰 머리뼈가 합쳐지는 곳에 있어. 넌 그 구멍이 잘못 열린 거야.

125

무슨 말을 하고 있는지 원, 통 모르겠다.

–숨구멍이라고도 해. 사람이 죽으면 이 구멍 위에 있는 머리카락이 몇 개 뽑혀. 구멍의 위치를 알려 주는 거야. 잘못 나오면 안 되잖아. 영혼이 그 구멍을 통해 빠져나와.

"그걸 어떻게 알아?"

–나도 그렇게 해서 나왔거든. 어제 하늘로 천천히 올라가던 아줌마가 말해 줬어.

–말해 줬어. 말해 줬어.

"쟤는 뭐야?"

은결이는 손가락으로 꽃을 가리키며 물었다.

–나? 나는 꽃별이라니까. 눈깜빡이 친구.

"어떻게 말을 하니? 꽃인데?"

–꽃이니까 말을 하지.

꽃은 밝게 웃었지만 눈깜빡이라는 애는 심각한 얼굴이었다.

–너는 아직 네 몸에서 나올 때가 안 됐어.

눈깜빡이가 은결이에게 뭔가를 내밀었다.

"어? 이거 할머니 비녀잖아. 너, 이거 어디서 났어? 우리 할머니 알아? 지금 어디 계셔?"

–할머니는 하늘로 올라갔어. 아주 밝은 빛이 나오는 곳. 행복한 곳.

"할머니가 하늘 나라로 가셨다고?"

-응.

눈깜빡이가 하는 말을 잘 알아듣지는 못하겠지만 할머니가 지옥으로 안 가고 하늘 나라로 갔다니 그건 다행이었다.

-할머니가 올라가면서 나한테 이걸 주셨어.

"이거 우리 할머니 비녀 맞네."

할머니의 비녀를 눈깜빡이라는 애가 가지고 있었다.

헉, 하늘 나라라니? 꽃이 말을 하다니? 사실, 은결이는 아까부터 도무지 이게 어떤 상태인지, 도대체 어떻게 해야 하는 건지 알 수가 없다. 은결이는 그저 멍한 상태였다.

엘리베이터에서 숨도 못 쉬고, 화장실 문도 못 닫을 만큼 공포에 절어 살더니.

드디어 내가 미쳐 가고 있는 건가 보다.

내가 죽었다는데 그게 말이 되냐고.

골 때린다.

황당하다.

무슨 말인지 이해가 안 되고 정말 돌아 버리겠다.

은결이는 다시 한번 심호흡을 해 보았다.

18. 기억나기 시작했어

_ 눈깜빡이

검사 도중에 은결이라는 아이가 몸에서 나온 것 같다.

"넌 우리 할머니 봤어? 그럼 할머니 이제 못 보는 거야?"

ㅡ응. 이제는 갈 길이 다르니까. 할머니가 올라가면서 나한테 이걸 주셨어.

할머니의 비녀를 보자 은결이가 놀라는 것 같았다.

"이거 할머니 거 맞는데. 어떻게 네가 가지고 있어?"

ㅡ할머니가 몸에서 나왔을 때 내가 옆에 있었어.

"할머니가 너한테 이걸 주다니. 할머니 보고 싶다. 괜히 나 때문에……."

은결이라는 애가 뭐라고 말을 하는데 눈깜빡이는 할 말이 없었다. 왠지 모를 슬픔이 차올랐기 때문이다. 지금은 보고 싶은 사람도 없고, 누군가를 보고 싶어 한다는 게 어떤 기분인 건지 잘 모르겠다. 기억이나 추억이 떠오른다는 게 도무지 어떤 건지 잘 알 수가 없었다. 살아 있을 때 나에게는 도대체 어떤 일들이 있었을까. 눈깜빡이가 생각을 모으자 끊어진 필름처럼 뜨문뜨문 뭔가가 떠오르기는 했다. 이 병실이 낯설지 않았다.

"그런데 넌 왜 얼굴이 그 모양이냐?"

은결이가 눈깜빡이 얼굴을 보며 물었다.

—여기 이 침대에 내가 누워 있었던 것 같아. 조금씩 생각이 나.

눈깜빡이는 자기도 모르게 엄지손톱을 물어뜯었다.

"그럼 너도 아팠냐?"

—그랬던 것 같아. 나 혼자 그 묘지 길을 걸어갔어. 그다음은 기억나지 않아. 그런데 이 방은 기억이 나. 내가 여기에 누워 있었던 것도.

—여기에 네가 누워 있었어?

꽃별이 눈깜빡이를 보며 물었다.

—한참 동안 있었던 것 같아. 그러다가 몸에서 빠져나와 이 병원 지붕을 통과해서 위로 올라갔던 거야. 빛이 쏟아지는 곳으로 가다가 다시 땅으로 내려왔지.

"너도 여기에 입원했었구나. 그건 그렇고 이상하네. 내 눈이 잘 보여."

은결이는 눈을 계속 껌뻑거렸다.

─아마, 브라흐마의 구멍을 통과하면서 좋아졌을지도 몰라.

"구멍? 내가 구멍을 지났다고?"

눈깜빡이는 은결이의 말에 대답할 수가 없었다. 갑자기 어떤 말들이 한꺼번에 들려왔다.

머저리…… 돌대가리…… 병신…… 찐따…… 고아 새끼…….

날카로운 소리들이 귓가에서 맴돌다가 마음을 찔렀다.

담장에 난 구멍.

작은 나무둥치.

담력 시합.

국화꽃.

철문과 철문 너머로 번지던 노을.

"내 말 안 들려?"

─어? 으응. 내가 왜 이 병원으로 왔는지 이제…… 알 것 같아.

"왜 병원으로 왔는데?"

어디선가 둥둥둥, 북소리가 울리고 있었다.

북소리가 눈깜빡이를 부르고 있었다.

19. 말했더라면

_ 송미라 씨

송미라 씨 남편이 장례식장으로 헐레벌떡 뛰어 들어왔다.

"여보, 어떻게 된 거야?"

송미라 씨는 앉았다가 일어나는데 다리가 휘청거려 다시 주저앉았다.

"조심해."

"여보, 엄마가…… 흑, 흑흑흑."

남편을 보자 울음이 터져 나왔다.

"우리 엄마 불쌍해서, 흑흑. 애들도 아직 깨어나지 않고."

"아니, 어떻게 이럴 수가 있어? 뺑소니라며? 이것들, 손에 잡히기만 해 봐라. 우리 장모님을……."

남편은 화를 삭이지 못하고 부르르 떨었다.

"애들은 괜찮을 거야. 걱정 말고. 곧 깨어날 거니까. 당신은 좀 쉬고 있어. 내 얼른 소리, 은결이 상태 좀 보러 병실에 다녀올 테니."

남편은 애들을 보러 갔다. 송미라 씨는 사진 속 할머니의 얼굴을 물끄러미 쳐다보았다.

'이럴 줄 알았으면 사진이라도 예쁘게 찍어 놓을걸.'

아파트 놀이터에서 찍은 사진이었다. 햇빛 때문에 찡그리고 있는 얼굴이었다. 이렇게 갑자기 가시게 될 줄은 몰랐다.

"엄마."

눈물이 주르륵 흘러내렸다. 가슴에 커다란 못이 박힌 기분이었다. 이럴 줄 알았으면 그렇게 무심하게 대하지 말걸. 다롱이 누구 줘 버리라고 트집 잡지도 말걸. 고분고분하게 말할걸. 맛있는 거 많이 사 드릴걸. 주먹으로 가슴을 두드렸다. 박힌 못은 빠지지 않았다.

"엄마아~"

다시 눈물이 흘러내렸다. 가슴이 벌렁거리기 시작했다.

숨 쉬기가 힘들었다.

숨을 깊게 들이마셨다가 내쉬었다.

어지러웠다.

손발이 떨리기 시작했다.

주위의 소리가 아득하게 멀어져 갔다.

"굼벵이! 꾸물이! 어디 가니?"

뒷집 영순이, 앞 반 수영이가 미라를 부른다. 미라는 고개를 못 들고 땅바닥만 내려다보고 있다.

"꾸물이 미라가 어디 갔다 오시나?"

"지각 대장 굼벵이가 산에 갔다 오시나?"

영순이랑 수영이가 미라를 보며 장난을 친다. 미라는 산에서 본 자기 집 강아지 누렁이 때문에 아직도 벌벌 떨고 있다. 아버지가 거기 소나무 근처에 서서 몽둥이를 들고 있었다. 아침마다 꾸물거린다고 아버지한테 야단맞았는데 아버지가 미라를 누렁이처럼 몽둥이로 때릴까 봐 무섭다.

"굼벵이 송미라!"

"꾸물이 송미라!"

듣기 싫어 귀를 막는다.

눈을 떴다. 응급실이었다.

"일어나셨어요?"

간호사가 다가와 혈압을 잰다. 맥박도 잰다. 뒤이어 젊은 여자 의사가 왔다.

"검사 결과가 방금 나왔어요. 갑상선 기능 항진이에요. 알고 계셨어요?"

"예."

송미라 씨는 기운이 다 빠져 힘없이 대답했다.

"약을 안 드셨군요. 약을 꾸준히 드시면 괜찮지만 관리를 안 하시면 합병증이 무섭습니다. 평소에 예민해지고, 화가 잘 나고 가슴이 두근거리지 않았나요?"

"그랬어요."

의사는 차트와 송미라 씨를 번갈아 보다가 말했다.

"신경질적이고, 안절부절못하고, 잠을 잘 이루지 못하고…… 더운 곳에서 견디지 못하셨죠? 땀도 많이 흘렸을 것이고, 머리카락이 가늘어져서 잘 부스러지고……. 갑상선 기능 항진증에 걸리면 근육도 약해지고, 손이 떨리고 심장이 빨리 뜁니다. 그러셨죠?"

"네, 맞아요."

의사는 그거 보라는 표정을 지으며 뭐라고 열심히 적고 있다.

"왜 약을 꾸준히 드시지 않았나요?"

"며칠 신경 쓸 일이 많고 밤늦게까지 일하느라……."

송미라 씨는 점점 더 기운이 없어지는 것 같았다. 왼팔에 꽂은 주삿바늘 속으로 포도당 수액이 똑똑, 떨어지고 있었다.

"임달맑 씨 보호자 되시죠? 어머님께서 갑자기 안 좋은 일을 당해 아마 큰 스트레스와 충격을 받으신 것 같아요. 조금 더 안정을 취하세요. 처방된 약은 꼭 드시고요."

의사가 나가고 남편이 들어왔다.

"여보, 괜찮아? 너무 무리했어. 약은 왜 안 먹었어? 그리고 미안해, 여보. 내가 너무 무심했지. 월급도 제대로 못 갖다주고……. 내가 할 말이 없네."

"당신도 열심히 일하고 있잖아요. 소리, 은결이는 좀 어때요?"

"어, 잠을 아직 더 자고 있어. 의사 말이 푹 쉬게 하라고."

"어디 이상은 없어요?"

"다행이야. 아무 이상 없어. 가벼운 뇌진탕이지만 크게 걱정할 건 없다고 했어. 자기 몸이나 좀 챙겨."

안심이 되었다. 송미라 씨는 꼭 쥐고 있던 주먹을 풀었다.

"여보, 엄마 빈소에 좀 갔다 와요."

남편을 보내고 누우니 다시 할머니 생각이 났다.

'엄마한테 말했더라면……. 고맙다고 말했더라면…….'

포도당 수액이 똑똑 떨어지다가 멈췄다가 다시 떨어졌다. 팔을 베고 한쪽으로 누웠다. 송미라 씨는 할머니 생각에 다시 눈물이 핑 돌았다. 엄마 없이 혼자 버려진 아이처럼 쓸쓸했다.

"엄마……."

주르륵, 눈물이 흘러 베개를 적셨다. 갑자기 어떤 장면이 불쑥 떠올라 몸이 부르르 떨렸다. 뒷동산 소나무에 개가 대롱대롱 매달려 혀를 빼물고 있던 장면. 어른들이 개를 매달아 몽둥이로 때리던 장면. 그 후로 개를 보면 자꾸 그 장면이 떠올라 딸꾹질을 하던 장면. 송미라 씨는 소름이 돋았다. 소나무에 매달려 있던 개는 새끼

때부터 키우던 누렁이였다. 그 누렁이를 어른들이 잡아먹으려고 죽이다니. 아버지까지 몽둥이를 들고 그곳에 서 있었다. 어린 미라는 소나무 밑에서 정신을 잃고 쓰러졌다.

그러고 보니 그 후로 밤마다 무서워 잠을 못 자고 울었던 기억이 났다. 어른들의 희번덕거리는 눈빛이 무서웠고 피를 흘리며 축 처진 누렁이가 무서웠다. 아버지의 손에 들린 몽둥이도 무서웠다.

퍼뜩 정신을 차려 보니 갑자기 은결이가 보고 싶었다. 땅바닥만 내려다보며 걷는다고 혼낸 게 미안했다. 은결이를 보면 어렸을 때 꼭 자기를 보는 것 같아 송미라 씨는 잔소리를 더 했던 것 같다.

'그래, 은결이한테도 지금 말해야 해. 그때 말했어야 했어. 더 늦기 전에 후회하지 않도록…… 은결이한테 꼭 할 말이 있어.'

20. 북소리
_ 은결이

얼마나 시간이 흘렀을까?

살며시 눈을 떠 보니 걱정스러운 얼굴로 은결이를 내려다보고 있는 남자아이가 보였다.

눈깜빡이였다.

–은결아, 북소리가 들리니?

은결이는 눈이 가물가물했다. 졸음이 쏟아졌다.

"응. 내 가슴속에서 울려."

–나한테도 그 소리가 들려. 여기에서 울리고 있어.

눈깜빡이가 자기 가슴을 가리키며 말했다.

"난 심장 소리가 무서워. 이유는 알 수 없지만 아주 예전에도 이 소리 때문에 무서웠어."

쿵쿵쿵, 심장 소리가 들리는 것 같았다. 은결이는 갑자기 소름이 돋았다.

 −왜?

눈깜빡이가 걱정스러운 얼굴로 물었다.

"잘 기억나지 않아. 누구한테도 하지 못했던 말이 있는 것 같아. 답답해."

 −생각해 봐. 그리고 말해. 나한테.

 "……."

둥, 둥, 둥…….

어디선가 북소리가 아스라이 들려왔다. 은결이 눈이 스르르 감겼다. 은결이는 북소리를 따라 아주 먼 길을 걸었다. 깊은 숲속을 지나고 깊은 강을 건넜다. 발이 푹푹 빠지는 모래밭을 건너 끝이 보이지 않는 먼 길이 이어졌다. 쿵, 쿵, 쿵…… 숨이 찼다.

"아주아주 깜깜해. 내 울음소리가 들려. 우~웅, 웅~. 동굴 안에 있는 것처럼 크게 울려. 난 화장실 안에 있어. 엄마가 나를 깜깜한 화장실 안에…… 가둬 놓았어. 흑흑."

눈물이 볼을 타고 흘러내렸다.

"나는 무섭다고 발버둥을 쳤어. 울다가 울다가 오줌도 쌌어. 바지가 축축해. 철퍼덕 앉아서 더 울었어. 내가 우는 소리 말고 다른 소리도 들려. 그게 뭐냐면 그 북소리야……."

"그래, 말해 봐. 그게 뭔지."

"강아지야. 아주 작은 강아지가 낑낑거리고 있어. 너무 깜깜해서 아무것도 보이지 않아. 강아지도 무서웠던 거야. 내 품에 꼭 안겨 있었어. 난 아무것도 보이지 않는 화장실 안이 너무 무서워서 강아지를 가슴에 더 꼭 끌어안았어. 강아지의 심장 소리가 둥, 둥, 둥 내 가슴으로 전해졌어. 그러다가 북소리가 어느 순간 끊겼어. 그리고 강아지가…… 밍키가 내 품에서 그만 축 처져 버렸어."

둥, 둥, 둥…….

멀리서 북소리가 다시 들려왔다.

−이제 무서워하지 마.

눈깜빡이의 슬픈 목소리가 들렸다.

"이게 다 엄마 때문이야."

−무슨 사정이 있었을 거야. 엄마가 어린 너를 화장실에 둔 이유가 분명히 있을 거야. 엄마한테 직접 물어보는 건 어때?

"엄마는 나를 괴물 취급 해. 엘리베이터가 왜 무섭냐고 바보 취급을 한다고."

−진심으로 물어봐. 엄마한테. 너를 화장실에 가뒀던 이유를. 네가 힘들었던 이유도 말해.

"엄마가 정말 내 말에 귀를 기울일까?"

－한번 해 봐…… 네가 먼저 엄마한테 말해. 용기를 내서.

"우리 엄만 절대 그럴 사람이 아냐."

－무서운 걸 피하면 피할수록 넌 점점 더 힘들어질 거야. 똑바로…… 마주…… 봐야 해. 그게 뭔지 정체를 알게 되면 무섭지 않아.

공포에서 해방이 된다면 못 할 게 없었지만 엄마한테는 말하기가 싫었다.

－나도 은결이 네 얘기를 들으면서 이제야 생각나는 게 있어.

"너도 기억하기 싫었던 게 있는 거 아냐?"

－그런 것 같아. 왜 내가 이 병원으로 왔는지…….

"왜 왔는데?"

－내가 살던 곳은…… 보육원이었어. 그래! 송암 보육원.

"거기, 묘지 길에서 아파트 쪽으로 쭈욱 가면 나오는 데잖아. 우리 할머니도 거기 보육원에 가서 아이들하고 놀다 오시곤 했어. 아프시기 전에는."

－그래? 어쩐지 할머니가 낯이 익었어. 이상하게 할머니가 좋았어.

"그런데 넌 어떻게 이 병원으로 오게 된 거야?"

－중학교 2학년 형들이랑 탐험 원정을 갔어. 우리 보육원 형들은 학교에서도 거의 일진이고 드세기로 유명한 형들이야. 형들이 하

라고 하면 꼼짝없이 해야 했어. 안 그러면 눈 밖에 나서 계속 힘들었지. 형들이 깜깜한 밤에 탐험 원정이라고 애들을 데리고 나갔어. 보육원 담장에 난 구멍으로 몰래 빠져나갔지. 난 1학년이라 형들이 시키는 대로 무조건 해야 했어. 보육원에서 세 정거장 떨어져 있는 묘지 길로 갔어. 거기서 담력 시합을 한 거야.

"우리 할머니 집 가는 길인데."

─형들이 먼저 무덤에 가서 국화꽃을 한 송이씩 가져왔어. 정말 무서웠어. 내 차례가 되었지. 다리가 후들후들 떨리는 걸 억지로 참고 무덤에 갔어. 무덤에서 국화꽃을 한 송이 가지고 내려오고 있었어. 그런데 형들이 나를 두고 저만치 달려가는 뒷모습이 보이는 거야. 난 무서워서 정신없이 달려 내려갔어. 자동차가 오는 것도 보지 못하고. 그리고…… 구부러진 모퉁이 길에서 사고가 난 거야.

"너도 우리처럼 거기서 사고가 난 거야? 그래서 이 병원에 입원해 있었던 거야?"

─그 형들은 원장 엄마한테 혼날까 봐 그냥 도망쳤어. 나를 놔두고 말이야. 혼자 차가운 길바닥에 누워 있을 때 내 심장 소리를 들었어. 쿵, 쿵, 쿵……. 둥, 둥, 둥. 내 심장 소리가 북소리처럼 들렸어. 한참 후에 지나가던 차가 나를 발견해서 여기 이 병원으로 온 거야. 정신은 들었지만 이미 움직일 수가 없었지. 내가 누군지 내 이름이 뭔지 어디서 왔는지 아무것도 알 수가 없었어. 이제 조금씩 생각나. 내 가슴속에서도 북소리가 들려. 내가 왜 환자복을 입고

있었는지……. 왜 묘지 길에서 사고가 났는지……. 속상하기도 하고 시원하기도 하고.

"나도 그래. 속상하기도 하고 시원하기도 하고."

─보육원 아이들은 나를 싫어했어. 엄마가 찾아올 거라고 내가 항상 노래를 부르고 다녔거든. 자기네들은 아기 때부터 보육원에서 자랐기 때문에 엄마 얼굴도 모르는데 난 아니었지. 엄마가 나를 잠시 맡겨 놓았으니까. 초등학교 1학년 때였는데 엄마가 나한테 약속했어. 꼭 데리러 오겠다고. 난 그걸 믿었어. 난 착한 아이니까 좀 더 착해지면 엄마가 꼭 찾으러 올 거라고 믿었어. 아이들한테 계속 그렇게 말하고 다니니까 보육원 애들이 나를 따돌리기 시작한 거야. 우리 엄마가 나를 데리러 금방 올 거라고 말했으니까. 나랑은 잘 놀아 주지도 않았어.

"치사한 애들은 어디에나 꼭 있어."

─그런데 언제부터인지 엄마가 정말 오지 않을 수도 있겠다는 생각이 들었어. 불안했지. 그래서 그때부터 손톱을 물어뜯는 버릇이 생겼어. 그렇게라도 하지 않으면 불안해서 견딜 수가 없었어. 꼭 데리러 오겠다던 엄마는 아무리 기다려도 오지 않았어.

"너도 많이 힘들었겠구나."

은결이는 눈깜빡이의 손을 꼭 잡아 주었다.

─매일매일 엄마를 기다렸어. 보육원 입구에서 늘 혼자 죽치고 앉아 있었어. 기다란 담장 끝에 작은 나무둥치가 하나 있었어. 나

는 매일 거기 앉아 엄마를 기다렸어. 해가 질 때까지. 그 위에 앉아 철문 너머로 번지는 노을을 보면 괜히 눈물이 나왔어. 애들이 나를 놀리기 시작했지. 온다던 엄만 왜 안 오냐고. 나더러 거짓말쟁이 라고 했어. 머저리…… 돌대가리…… 병신…… 찐따…… 고아 새 끼……라고 했어.

눈깜빡이는 파르르 떨고 있었다.

ㅡ난 점점 외톨이가 되었어. 엄마가 미워지기 시작했지. 온다는 약속이나 하지 말지. 왜 기다리게 한 건지 너무 미웠어. 화가 났어. 엄마가 와도 모른 척하기로 마음먹었지. 엄마를 기다리지 않으니 까 애들이랑 다시 어울릴 수 있었어.

"나도 엄마가 미웠는데 너도 그랬구나. 애들이랑 놀게 돼서 다행 이다."

ㅡ그런데 형들은 내가 미웠나 봐. 그날 담력 훈련한다는 핑계를 대고 나를 골탕 먹이려고 묘지 길로 데려간 거야. 형들이 거기다가 나를 버리고 온 거야. 사고가 났고 난 다시 돌아갈 수 없었지. 지금 은 엄마가 보고…… 싶어. 보고 싶은 마음이 어떤 건지 이제 알겠 어. 엄마가 나한테 주고 간 게 하나 있었는데…… 지금은…… 지금 은 기억나지 않아.

"걱정하지 마. 이제 다 지나갔잖아. 모두 다."

눈깜빡이는 온몸을 떨고 있었다. 은결이는 눈깜빡이를 꼬옥 안 아 주었다. 떨리는 몸은 서서히 진정되어 갔다. 조금 있으니 눈깜빡이의 심장 뛰는 소리가 은결이 가슴으로 쿵쿵쿵 전해져 왔다.

"모두 다 지나간 일이야. 기억하지 않아도 돼."

─은결아! 넌 빨리 다시 돌아가! 더 늦기 전에!

눈깜빡이가 갑자기 소리쳤다.

"어디로?"

─브라흐마의 구멍으로 다시 들어가라고!

눈깜빡이가 은결이 손을 잡아끌었다. 그리고 누워 있는 은결이 몸의 머리 꼭대기를 가리켰다.

─여기가 브라흐마의 구멍이야. 넌 여기서 나왔어. 그러니 여기로 다시 들어가.

"못 해! 무서워."

─여기에 발부터 밀어 넣어. 시간이 지나면 이 구멍이 닫히게 돼. 어서! 빨리!

누워 있는 몸을 보니까 은결이는 갑자기 무서웠다.

─어서!

눈깜빡이가 소리를 질렀다. 은결이는 머뭇거리다가 왼발을 머리 쪽으로 살짝 밀어 넣었다. 순간 나머지 몸뚱이도 쑤욱, 빨려 들어갔다.

얼마나 지났을까.

눈이 떠졌다.

주위를 둘러보았다.

눈깜빡이도, 꽃별도 없었다.

위잉, 기계 돌아가는 소리만 들렸다.

은결이 몸이 통 같은 곳에서 거의 다 빠져나오고 있었다.

'꿈을 꿨나? 휴우, 난 이제 어떻게 되는 거지?'

은결이는 다시 머리가 아파 왔다. 왼쪽 가슴도 따끔거렸다.

간호사 누나가 수액을 꽂아 주고 나갔다.

'엄마가 보고 싶다던…… 꿈에서 보았던 그 보육원 아이. 눈깜빡이라고 했는데.'

병실 문이 열리더니 엄마가 들어왔다.

"많이 놀랐지? 좀 어때? 어디 아픈 데는 없니? 검사 결과는 잘 나왔다. 뇌진탕 증상이 약간 있대. 크게 걱정할 건 없다고 하셨어."

"소리랑 할머니는?"

"어? 으응. 다 괜찮아."

엄마는 은결이를 보더니 똥 마려운 강아지처럼 안절부절못했다.

"은결아, 물어볼 게 하나 있는데 말이야. 너 혹시…… 일곱 살 때…… 기억나니?"

엄마가 은결이 눈치를 보며 더듬거렸다.

"……"

"엄마가 너 화장실에…… 잠깐 놔둔 적이 있어. 그거…… 기억나?"

깜깜한 어둠 속에서 밍키랑 죽을 것처럼 무서워 벌벌 떨다가 바지에 오줌을 지린, 절대 잊어버릴 수 없는 그 사건.

"……."

은결이 마음이 다시 차가워졌다. 은결이는 눈물이 차올라 벽 쪽으로 돌아누웠다.

"기억하고 있었구나."

엄마도 그 일을 기억하고 있었다니. 갑자기 엄마가 미워서 견딜 수가 없었다.

"보기 싫어!"

"뭐?"

"혼자 있게 나가라고!"

엄마는 아무 말도 못 하고 당황스러운 표정으로 병실 문을 열었다.

"문 닫지 말고 열어 놔!"

"왜?"

"엄마 때문에 문도 못 닫아. 그러니까 열어 놓으라고!"

엄마는 얼어붙은 얼굴로 나갔다. 한참 있다가 엄마가 조용히 다시 들어왔다. 할 말이 있는 얼굴이었다. 저런 얼굴은 처음 본다. 은결이도 엄마한테 먼저 물어보고 싶은 말이 있었다.

"할머니는 어떻게 되셨어?"

"어? 으응……."

"사실은…… 소리가 나랑 나가고 싶어 했어. 내가 운동장에 소리를 데리고 나갔더라면 사고가 나지 않았을 거고…… 그럼 할머니가 돌아가시지도 않았을 텐데."

주르륵, 눈물이 흘러내렸다.

"어떻게 알았니? 알고 있었구나. 은결아, 하지만 너 때문이 아니야."

엄마가 은결이를 지그시 바라보고 있었다.

"내가 밖으로 나가지만 않았어도 사고가 나지 않았을 거라고."

"할머니랑 소리가 할머니 집에 가다가 난 사고야."

"나가기 전에 소리가…… 나랑 놀고 싶다고 했어."

"괜찮아. 네 잘못이 아니라니까."

은결이는 엄마가 자기 잘못이라고 크게 야단칠 줄 알았다. 엄마의 따뜻한 눈빛을 보니 딱딱하던 마음이 흐물흐물해졌다. 엄마는 누워 있는 은결이에게 다가와 은결이를 꼭 안아 주었다. 이렇게 안겨 본 건 정말 오랜만이었다.

"엄마가 너 화장실에…… 잠깐 놔둔 적이 있어. 그거…….."

은결이는 슬며시 엄마 품에서 떨어져 나와 엄마를 밀쳐 냈다.

"엄마……, 그때 왜 나한테…… 그랬어?"

엄마는 한참 뜸을 들이다 의자에 앉았다.

"그때, 무척 힘들 때였어. 네가 일곱 살이었지. 아빠는 지방으로 두 달 동안 일을 하러 갔고. 엄마는 동네 아는 분 소개로 집에서 쇼핑백 접는 부업을 하고 있었어. 네가 어려서 출퇴근하는 직장은 다닐 수가 없었지. 부업 아저씨가 일거리를 배달도 해 주고 가져가고 해서 큰 불편은 없었는데 그날은 배달 아저씨가 못 오는 바람에 일을 끝낸 쇼핑백을 갑자기 직접 갖다주어야 했던 거야. 애 때문에 움직이기 힘들다고 하면 다음 일거리를 받기가 어려워질까 봐 사정 이야기를 할 수도 없었어. 옆집 엄마가 애를 잠깐 봐 달라고 해서 그 애까지 집에 있었어. 그 애는 업고, 너는 손을 잡고 나갔다 오려고 했어."

"그런데 왜 나만 화장실에 놔둔 거야?"

"네가 뭔가를 사 달라고 떼를 썼는데 그치지를 않았어. 아무리 달래도 소용이 없었어. 시간은 없고 참다 못해 너를 화장실에 데리고 들어갔지. 옛날 집이라서 화장실 문 잠그는 게 문밖에도 있었어. 하도 떼를 쓰니까 뭘 잘못했는지 생각해 보라고 말했어. 그러고 나서 밖에서 문을 걸었던 것 같아. 그때는 맞벌이하는 엄마들이 종종 그렇게 문을 잠그는 경우가 있었어. 안 좋은 걸 알면서도 애 봐 줄 사람이 없었으니까. 다른 방법이 없었던 거야. 아주 잠깐 나갔다 오는 거라 큰 걱정을 안 했어. 혼자 무서울까 봐 그때 기르던 강아지 밍키를 같이 화장실에 들여놓았던 거야."

엄마 목소리가 떨렸다. 은결이는 가슴이 꽉 메어 말을 할 수가 없었다. 하지만 지금이 아니면 기회가 없을 것만 같았다. 꿈에서 만난 눈깜빡이도 엄마한테 말하라고 했었다. 마음에 묻어 두지 말고 진심으로 물어보라고. 힘들었던 걸 마주 보라고.

"깜깜한 화장실이…… 너무 무서워서…… 한참 동안 울었어. 열어 달라고, 깜깜해서 무섭다고, 잘못했다고, 살려 달라고 울면서 소리쳤단 말이야! 하지만…… 엄마는 아무 대답이 없었어. 나만 거기 가둬 두고 엄마는 오지 않았잖아. 아무도…… 와 주지 않았다고!"

엄마가 눈물을 흘리고 있었다.

"얼른 다녀올 줄 알았어. 깜깜했었다니. 불은 켜 두고 갔었는데……. 그날따라 동네에 너를 봐 줄 만한 아주머니들이 모두 일을 나가고 아무도 없었어. 잠깐 화장실에 놔두고 쇼핑백만 가져다주려고 했어. 그런데 가지고 가던 봉투를 그만 물웅덩이에 빠뜨리는 바람에……. 옆집 애는 등에서 버둥대면서 울지, 빠뜨린 쇼핑백은 물에 점점 젖어 가지, 엄마는 제정신이 아니었어. 일부러 너를 화장실에 놔두려고 그랬던 건 아니야. 쓸 만한 봉투는 대충 건져서 갖다주고 헐레벌떡 집으로 달려왔어. 그리고 화장실 문을 열어 보니 네가 구석에…… 쭈그리고 앉아서 울고 있었어. 얼마나 울었는지 목은 이미 다 쉬어 버려 울음소리도 나오지 않을 정도였어. 바닥에 싸 놓은 오줌 위에…… 네가 앉아 있었어. 밍키를…… 꼭 껴안고서."

은결이는 까맣게 잊었던 일이 생각나기 시작했다. 숨 쉬는 게 힘들었다.

"맞아, 밍키가 깨갱거리다가 갑자기 조용해졌어. 그리고 축 늘어졌어."

부르르, 몸이 떨려 왔다.

"내가, 내가 너무 꼭 끌어안아서 밍키가 그만······ 흑흑. 죽은 거야. 내가 죽인 거라고. 밍키의 심장 소리가 더 이상 들리지 않았어. 축 처진 밍키를 안고 난 계속 울었어. 흑흑. 내 심장 소리가 둥둥둥, 쿵쿵쿵, 점점 세게 내 가슴을 울렸어. 밍키의 차가운 몸이 손에 그대로 전해졌어. 난 내 심장 소리가 무서웠어."

엄마가 은결이를 다시 안으려고 했지만 은결이는 엄마를 밀어냈다.

"죽은 밍키를······ 끌어안고 깜깜한 곳에······ 갇혔던 거야. 그래서 화장실이 무서웠던 거라고. 그때 그 화장실에서 있었던 일······."

은결이 숨소리가 더 가빠졌다. 머리가 빙글 돌았다. 손이 차가워졌다.

"그게 뭔지 몰랐지만 이제 다······ 기억났어."

은결이는 숨이 턱에 차서 금방 죽을 것만 같았다. 은결이는 울음을 터뜨렸다.

"은결아, 엄마한테는 말이야. 네가······ 이 엄마보다도 백배 천배 훨씬 더 소중해."

엄마의 눈에서도 눈물이 흘러내렸다.

"넌 한동안 이 엄마만 보면 피해 다녔어. 다행이 며칠이 지나 다시 예전의 너로 돌아왔지. 얼마나 고마웠던지. 엄마는 네가 다 잊어버린 줄 알았어."

엄마가 숨을 가다듬고 계속 말했다.

"은결아. 그 일이 있고 나서 너한테 괜찮냐고 물어보고 싶었는데…… 미안하다고 말하고 싶었는데…… 용기가 나지 않았어. 네가 한동안 나를 옆에 오지도 못하게 했으니까."

"밍키의 심장 소리가 지금도 쿵쿵. 머릿속에서 북소리처럼 울려. 나 때문에…… 죽었잖아."

"밍키는 원래 폐렴을 앓고 있었어. 너 때문에 죽은 게 아니야. 엄마 잘못이야. 은결아, 네가 얼마나 힘들었는지 알겠어. 엄마가 너한테 말할 용기가 이제야 난 거야. 늦어서 미안해."

"지금도 화장실에 들어가면 문을…… 잠글 수가 없어. 엘리베이터에도 못 들어가. 숨이 막혀 죽을 것 같아서. 흑흑. 엄마는 그런 나를 바보라고 했잖아."

엄마는 눈물을 흘리며 은결이를 꼭 안았다.

"5학년 때부터 난 엘리베이터 타는 게 무서웠어. 왜 그러는지 이유도 몰랐어. 방문도 못 닫는다고. 한준이가 사고 난 다음부터는 더 무서워."

"그랬구나. 우리 은결이. 미안해. 정말 미안해. 네가 미워서 그런 게 아닌데, 너한테 못할 짓을…… 했구나. 그래서 네 방문이 열려 있었던 거로구나. 엄만 그걸 몰랐구나. 미안하다.”

투둑.

엄마에게 미안하다는 말을 듣자 커다랗게 박혀 있던 못 하나가 떨어져 나가는 것 같았다. 하지만 죽을 것 같았던 그 기억은 이미 은결이 머릿속에 박혀 있다. 빼낼 수 있는 게 아니었다.

“나한테 한준이가 문자를 보냈었어. 내가 도와주지 않으면 살고 싶지 않다고. 다른 애들이 한준이를 왕따시키고 놀렸단 말이야. 나는 비겁하게 도와주지 못했어. 다른 애들이 나도 놀리고 힘들게 했어. 그래도 내가 한준이를 도와주었어야 했는데……. 나 때문에 한준이가 죽으려고 한 거야. 밍키도 나 때문에 죽었는데…….”

은결이는 참았던 말을 쏟아 내며 소리 내어 울었다. 은결이는 더이상 숨을 쉴 수가 없었다.

“아니야, 아니야. 은결아, 한준이 엄마 만났어. 베란다 철망이 헐거웠었대. 그걸 몰랐대. 사고였대. 너 때문이 아니야. 그리고 한준이 깨어났어. 걱정하지 마. 엄마가 미안해……. 흑흑.”

투둑.

두려움과 공포의 못으로 쿵쿵 박아 넣었던 못이 또 하나 떨어져 나갔다.

“미안해, 은결아. 미안해.”

“엄마, 제발 살려 줘…….”

은결이는 이제 정신을 차릴 수가 없었다. 심장이 너무 빠르게 뛰었다. 목구멍이 조여져서 더 이상 숨을 쉴 수가 없었다.

"은결아, 정신 차려. 은결아!"

엄마 목소리가 희미하게 멀어져 갔다.

21. 비녀

_ 송미라 씨

새벽에 일어나니 안개가 온 마을을 덮었다.

행복동에는 마을 한가운데에 작은 호수가 있다.

그래서 툭하면 안개가 끼었고 그런 날은 운전하기가 여간 힘든 게 아니었다.

안개는 눈앞의 모든 것을 점령했다.

마음속의 모든 것을 꽁꽁 묶어 놓았다.

안개 끼는 날 '우리 병원'은 마치 구름 속에 우뚝 솟아 있는 것처럼 으스스하게 보였다.

그런데 오늘 새벽안개는 뭔가 조금 달라 보였다.

창밖은 뿌연 안개 때문에 한치 앞도 보이지 않았다. 간호사가 아침 일찍 수액 바늘을 뽑고 갔다. 굵은 바늘 자국만 송미라 씨 손등에 남았다. 솜으로 꼭 눌러 주어야만 피가 멈추었다. 한참 동안.

은결이 마음속에 남겨진 상처도 큰 자국으로 남을 것이다. 한참 동안.

어제 은결이가 정신을 잃고 의사들이 응급처치를 하는 동안 송미라 씨도 그만 정신을 놓을 뻔했다. 교통사고 후유증으로 생명이 위험하게 된 줄 알았다. 은결이가 한 말을 의사에게 전했더니 의사는 트라우마로 인한 폐쇄 공포증이나 공황장애일 확률이 높다고 말했다. 송미라 씨는 하늘이 무너져 내리는 것만 같았다. 생명에는 지장이 없다는 말을 듣고 가슴을 쓸어내렸지만 과거의 그때 그 순간 그렇게 행동했던 자신이 원망스럽기만 했다.

의사는 치료하면 좋아질 터이니 걱정하지 말라고 했다. 시간을 두고 천천히 단추를 다시 끼워야 한다는 말을 했다. 서두르지 말고 천천히.

일단 할머니를 보내 드려야 했다.

"뭔 놈의 안개가……."

창밖을 보다가 송미라 씨는 갑자기 생각나는 게 있었다. 할머니가 가장 아끼던 것.

"맞아, 그 비녀! 할머니가 주셨다는. 그게 왜 엄마 소지품에 없었을까?"

사고가 났다는 소식을 듣고 병원으로 달려갔을 때 간호사가 할머니 소지품이라고 준 것들 안에는 비녀가 없었던 것 같다.

"나, 죽어 뻘믄 이것을 꼭 무덤 속에 함께 넣어 주랑께."

할머니는 항상 비녀를 보면서 그렇게 말했다.

'할머니가 엄마에게 물려주셨다던 비녀. 엄마의 관 속에 함께 넣어 드려야겠어. 그 비녀가 어디 있을까? 평소에는 휴대폰 지갑에 넣고 다니셨는데.'

집에서도 비녀를 본 기억이 없었다.

'내일 엄마 보내 드리기 전에 비녀를 가져와야 해. 아마 엄마 집에 있을 거야.'

환자복 위에 윗옷을 대충 걸쳐 입고 나왔다. 주차장으로 내려가니 오래되고 낡은 송미라 씨 자동차가 떡하니 서 있었다. 시동을 걸었다. 부르르릉, 자동차는 힘겨운 대답을 하며 서서히 몸을 움직이기 시작했다. 해가 나오지 않아 아직 어둑어둑한 묘지 길로 들어섰다.

"뭔 놈의 안개까지……."

자동차의 털털거리는 엔진 소리가 더 크게 들려 여간 신경 쓰이는 게 아니었다. 창문을 닫았다. 뿌연 안개 때문에 1미터 앞도 잘 보이지 않았다. 구름 속을 떠가는 것 같았다. 비상 깜빡이를 켜고 천천히 차를 몰았다. 왼쪽으로 꺾어지는 모퉁이로 들어섰을 때였다.

부르릉 털털털, 그만 차가 멈춰 버렸다. 송미라 씨의 오래된 차가 움직이기를 그만둔 것이다. 차에서 내려 보닛을 열었다. 열어

봐야 알 턱이 없었다. 안개 때문에 잘 보이지도 않았다.

"빨리 갔다 와야 하는데……."

안개 덮인 어둑한 묘지 길에 있는데도 이상하게 무섭지는 않았다. 이제 이곳은 내일 할머니의 새로운 집이 될 곳이었다. 할머니의 무덤은 햇볕 잘 드는 위쪽으로 정했다. 할머니는 내일 이곳으로 올 것이다. 긴장하며 운전을 하고 와서 그런지 송미라 씨는 갑자기 기운이 빠졌다. 챙겨 먹으라던 약을 먹지 않고 온 게 생각났다. 차 안으로 들어가 앉았다. 긴급 출동 서비스 번호를 찾아 연락을 했다.

이런저런 어릴 때의 일들이 어슴푸레 떠올랐다. 할머니는 아기 낳는 것을 잘 도왔다. 아기를 잘 받는다는 소문이 다른 마을까지 퍼져서 할머니를 찾아오는 사람들이 많았다. 한밤중에도 새벽에도 아기가 나올 때쯤이면 산모의 남편이 할머니를 데리러 집으로 찾아왔다. 할머니는 그때도 할머니의 엄마가 준 것이라며 비녀를 꼭 가지고 다녔다. 은색이었는데 할머니는 그것을 가져가야 산모가 순산한다고 믿었다.

"이것을 요로코롬 눕혀서 산모 등과 배를 살살 문질러 주믄 애기를 쑴풍쑴풍 낳는당께. 뼈마디를 잘 골라 주는 비녀여."

할머니는 비녀를 잃어버리지 않게 속바지 안쪽에 잘 넣어 두었다. 할머니를 쫄래쫄래 따라간 송미라 씨가 애기 낳는 방 문 앞에 앉아 있으면, 으앙으앙 아기 울음소리가 들리고 방 안에서 할머니의 목소리가 들려왔다.

"삼신할미가 점지해 주신 예쁜 아기가 태어났네그랴. 아가야, 건강하게 잘 자라라잉."

할머니는 아기를 위해 좋은 말들을 늘어놓다가, 흥얼흥얼 노래를 불렀다. 그 자장가가 아직도 귀에 익었다.

우리 애기 금동 애기 둥개 둥개야.
꼬사리로 집을 짓고 원추리로 대문 달아
대문 밖에 선 큰 애기 금을 줄까 옥을 줄까
해님 같고 달님 같은 우리 애기 예쁜 애기.

아기를 척척 받아 내는 할머니가 대단해 보였다. 하지만 항상 자장가가 들려오지는 않았다. 어떤 날은 방 안에서 할머니의 목소리가 이렇게 들려올 때도 있었다.

"아이고, 아직 때가 아닌가 벼. 삼신할미, 잘 데려갔다가 이쁘고 건강허게 다시 데려다 주소!"

그럴 때, 노랫소리는 들려오지 않고, 흐느껴 우는 산모와 도란도란 이야기를 나누는 소리만 조용히 들려왔다. 할머니는 사는 것도 죽는 것도 다 하늘의 뜻이라고 했다. 세상 사는 게 한바탕 꿈이라고 했다. 어렸을 때는 그게 무슨 뜻인지 잘 몰랐다.

할머니는 화를 잘 내지 않았다. 그럴 수도 있어, 항상 이런 식이었다. 송미라 씨는 그게 싫었다. 그럴 수 없는 게 너무 많았기 때문이었다. 일찍 돌아가신 아버지 때문에 집안이 어려워 대학교에 갈 수도 없었고, 공장에서는 윗사람들이 말도 안 되는 일들로 어린 송미라 씨를 괴롭혔다.

세상은 온통 되는 일보다 안 되는 일이 많았는데 할머니는 괜찮아질 거라고 했다. 남편이 다니던 회사가 부도나고 새로 옮긴 직장에서 월급을 제대로 받지 못했을 때, 그때도 할머니는 '그럴 수 있당께. 몸 성한 게 다행이여. 조심혀야지.'라고 말했다. 항상 그랬다. 송미라 씨가 불행하다고 느끼고 있을 때 할머니는 그걸 좋은 쪽으로 생각했다. 그런 할머니가 지금은 이 세상에 없다.

"엄마……."

눈물이 주르륵 흘렀고 몸에서 힘이 빠져나갔다. 그리고 눈이 스르르 감겼다.

―아줌마, 차가 고장 났네요.

송미라 씨는 깜짝 놀랐다. 차 뒤에 어떤 남자아이가 서 있었기 때문이다. 아이는 안개에 싸여 있었다. 문을 열고 차에서 내렸다.

"넌 누구냐?"

―눈깜빡이라고 해요. 제 원래 이름은 잊어버렸어요. 하지만 이제 이 이름도 좋아졌어요.

눈깜빡이라는 아이는 은결이보다 작은 남자아이였다.

'이름을 잊어버리고 눈깜빡이라니. 기억상실증에 걸린 모양이야. 불쌍하기도 하지.'

아이는 환자복을 입고 있었다. 송미라 씨와 똑같은 병원의 환자복이었다.

"애, 환자복을 보니 너 우리 병원에 입원한 아이네. 왜 병원에서 나왔어? 아줌마가 데려다줄까?"

—아니에요. 저도 갈 수 있어요.

"엄마랑 같이 왔니?"

—어쨌든 아줌마를 이렇게 만나니 좋아요. 이 꽃은 선물이에요. 이름은 꽃별인데 저보다는 아줌마에게 더 필요할 것 같아요.

눈깜빡이라는 아이는 꽃 한 송이를 송미라 씨에게 주었다. 꽃은 종처럼 생긴 모양이었는데 은색이었다.

"어머, 어떻게 꽃이 은색일까?"

코끝에 스치는 은은한 향기가 좋았다.

—원래는 은색이 아니었는데 색깔이 은색으로 변했어요. 꽃별이 향기가 아줌마의 병도 낫게 해 줄 거예요.

"정말? 그럼 얼마나 좋겠니. 하지만 꽃 향기가 병을 고쳤다는 말은 들어 보지 못했구나. 그래도 고맙다."

송미라 씨는 은색 꽃이 신기해서 이리저리 살펴보고 냄새도 맡아 보았다. 꽃을 환자복 윗주머니에 꽂았다.

"아줌마가 병원에 데려다줄까? 애야! 엄마는 어디 있어?"

대답이 없었다.

"금방 어디로 간 거야?"

꽃을 보는 동안 가 버렸나? 말도 없이 가 버렸네.

"어디로 갔을까?"

아이가 안쓰러웠다. 다시 한번 아이를 불렀다.

"얘야!"

기운이 없어 차 안으로 들어갔다. 긴급 출동 서비스 차는 아직 오지 않았다. 휴대폰을 꺼냈다. 위치를 다시 말해 주고 차 밖으로 나왔다. 날이 밝아 오기 시작하자 안개가 조금씩 걷혀 갔다. 앞이 보이기 시작했다.

'엄마 집에는 갈 수가 없겠어. 이 아이는 어떻게 간 거야? 엄마 있는 데로 갔나?'

조금 있으니 긴급 출동 트럭이 왔다. 송미라 씨의 낡고 오래된 자동차는 큰 트럭에 끌려갔다. 송미라 씨도 병원으로 다시 돌아왔다. 할머니 빈소에도 가야 하고, 애들 병실에도 가 봐야 했다. 병실에 돌아와 환자복을 벗을 때였다.

쩔렁!

옷에서 뭔가가 떨어졌다. 바닥에 떨어진 것을 살펴보니 할머니의 은색 비녀였다.

"어? 이게 왜 여기 있었지?"

주머니를 뒤져 보았다. 포근하고 달콤한 꽃 향기가 은은하게 풍

기고 있었다.

"웬 꽃 향기지? 내가 비녀를 언제 여기 넣어 두었나?"

정신이 없긴 없나 봐. 소지품 정리하다가 넣어 두었나 보네. 송미라 씨는 갑자기 아이 이름이 생각났다.

"참, 그 아이…… 눈깜빡이라고 했지. 자기 이름도 기억을 못하는 아이라니."

22. 너의 진짜 이름은

_ 은결이

할머니가 땅속에 묻히는 날이다.

아니, 할머니의 허물이 땅속에 묻히는 날이다.

무덤들이 줄을 맞춰 죽 늘어서 있는 곳.

그중에서도 제일 위쪽에 있는 곳.

햇빛이 하루 종일 비추는 좋은 자리라고 했다.

그런데 오늘은 흐리고 안개가 자욱하다.

할머니를 보러 많은 사람들이 왔다. 송암 보육원이라는 곳에서 선생님들과 아이들도 왔다. 할머니가 거기서 좋은 일을 많이 해서 배웅해 주러 온 거라고 한다. 우리 할머니는 역시 착한 할머니였다. 좋은 일을 많이 해서 할머니가 하늘 나라로 올라간 거다. 할머니가 보고 싶을 때 허물이라도 보러 와야겠다. 하얗고 예쁜 국화꽃이 무덤 앞, 돌 항아리에 꽂혀 있다. 은결이는 엄마 몰래 국화 한 송이를 집어 들었다.

임달맑 씨 여기 묻히다.
아이들이 세상 문을 열고 나올 수 있도록
평생을 도우며 살다.
항상 웃으며 살다 가시다.

비석에 적혀 있는 글이다. 엄마, 아빠, 소리 그리고 다른 어른들은 할머니 관이 땅속으로 들어갈 때 많이 울었다. 은결이만 울지 않았다. 할머니가 키우던 강아지 다롱이도 울지 않았다. 다롱이는 은결이 옆에 붙어서 앞발로 흙장난만 했다.

"은결아, 너는 할머니가 땅에 묻히는데 안 슬퍼?"

엄마가 은결이 눈치를 보며 슬쩍 물었다. 다롱이와 흙장난을 하다가 고개를 드니 엄마의 띵띵 부은 얼굴이 보였다.

"응, 할머니는 하늘로 올라갔는데 왜 슬퍼?"

은결이는 국화 한 송이를 손에 쥐고 흔들며 말했다.

"그래, 맞아. 하늘 나라로 가셨어. 그래도 마지막이니까 할머니를 생각하며 슬퍼하는 거야."

엄마는 너무 울어서 눈이 퉁퉁 부어 있었다. 하늘 나라로 행복하게 가셨는데 뭐.

"오늘은 좀 어떠니? 가슴이 답답하거나 숨 쉬기 어렵거나 그러지 않아?"

"응. 아무렇지도 않아."

조금 있다가 아빠가 은결이에게로 왔다. 아빠도 눈이 빨갛게 부어 있었다.

"넌 할머니가 땅속으로 들어가시는데 안 우냐?"

"할머니는 하늘 나라 빛 속으로 올라갔어. 지구 바깥 더 넓은 데로 간 거야. 아빠는 그것도 모르지?"

아빠는 더 이상 말하고 싶지 않은 것 같았다. 할머니는 더 큰 몸이 되려고 허물을 벗고 갔다. 매미 허물처럼. 옷을 벗듯이.

은결이는 어른들이 무덤 옆에 서서 울 동안 조용히 밑으로 내려왔다. 다롱이가 따라 내려왔다. 무덤 위에는 나비도 날아다녔고, 아주 작은 날벌레들도 날아다녔다. 물론 은결이가 좋아하는 잠자리도 있었다. 날씨가 흐리고 안개가 자욱하게 끼어 있어서 구름 위에 서 있는 기분이었다. 잠자리 한 마리를 발견했다. 잠자리는 비석 위에 앉아 있었다. 손을 살며시 뻗었다.

"에잇! 놓쳤네."

그 잠자리가 다시 은결이 주위로 날아왔다. 잠자리는 주위를 뱅뱅 돌더니 다시 옆에 있는 나무 위에 앉았다. 은결이는 살금살금 나무 쪽으로 다가갔다. 엄지와 검지를 살짝 벌리고 잠자리를 향해 손을 살짝 뻗었다.

"에이, 또 놓쳤네. 이번에는 거의 잡았는데."

잠자리는 휘익~, 길가 쪽으로 날아가더니 무덤 위에 앉았다. 작은 무덤이었다. 무덤에는 비석도 없었다. 덮어 놓은 흙에 아직 잔디도 다 깔려 있지 않은 새로 만든 무덤이었다. 무덤 주위에도 안개가 뿌옇게 내려앉았다. 은결이는 잠자리를 뒤에서 잡으려고 살금살금 무덤 뒤로 돌아갔다.

—안녕!

누구지? 은결이는 안경테를 고쳐 잡았다.

—나, 눈깜빡이야.

"아, 눈깜빡이……."

눈깜빡이라니. 반가웠다. 은결이가 꿈에서 본 친구. 은결이 얘기를 귀담아 들어 주었던 눈깜빡이. 저 아이의 비밀 같은 이야기도 나눈 사이. 지금 이것도 꿈인가 보다. 하지만 은결이는 눈깜빡이에게 아무 말도 묻지 않기로 했다. 이게 꿈인 거냐고 묻는 순간 눈깜빡이가 사라져 버릴 것만 같았다.

시력검사를 다시 하고 안경을 바꿔 봐야겠다. 꿈에서 보던 것들이 자꾸 현실에서도 나타난다. 안경에 문제가 있는 걸지도 모른다. 하지만 안경보다는 머리에 문제가 있는 건지도 몰랐다. 어쨌든 반가운 친구, 눈깜빡이. 답답한 마음속 얘기를 들어 주고 충고도 아끼지 않았던 친구. 지금 이것도 꿈일지 모른다.

"며칠 만에 보는 거네."

―응, 조금 바빴어. 내가 할 수 있는 것과 할 수 없는 것을 깨우치느라.

눈깜빡이는 많이 희미해져 있었다.

"할 수 있는 건 뭐고 할 수 없는 건 또 뭐야? 너, 많이 흐려. 잘 안 보여."

―난 지금 떠나가고 있는 중이야. 곧 더 큰 집으로 올라갈 거야.

"다행이네. 더 큰 집으로 간다니. 그런데 네 주머니에서 종알거리던 꽃은 어디 갔냐?"

―꽃별? 자기 할 일을 하러 갔지.

"그럼 꽃별 대신 이 국화꽃 줄까? 예쁘지?"

―응, 예뻐. 땅이 예쁜 꿈을 꿀 때 나오는 게 꽃이래. 그래서 예쁜 거래. 우리 엄마가 말해 줬다는 걸 어제 기억했어.

"땅이 예쁜 꿈을 꿀 때 나오는 게 꽃이라고? 멋진 말이네. 근데 왜 슬픈 얼굴이냐?"

―내가 왜 이 근처를 아직까지 못 떠나는지 모르겠어. 아무리 생각해도 그건 기억이 나지 않아.

"그래? 그렇담 네가 뭘 두고 갔을 거야."

―뭐라고?

눈깜빡이는 은결이 말에 놀라는 표정이었다.

"뭘 놓고 갔으니까 다시 여기로 온 거라고. 나도 깜빡하고 뭘 안 가져가면 다시 돌아가거든. 집으로 말이야. 그러니까 너도 뭔가를 잊어버린 거야. 그러니까 자꾸 여길 오지."

－들고 보니 네 말이 맞는 것 같다. 그런데 그게 뭘까?

눈깜빡이는 손톱을 물어뜯기 시작했다.

"아직 그 버릇 못 고쳤구나. 내가 도와줄 수 있으면 좋겠다. 그게 뭔지. 너 사고 난 곳이 이 근처라고 했냐?"

－응.

"네가 자주 오는 곳이 여기야?"

은결이는 무덤가를 가리켰다.

－응. 바로 이 무덤 옆이랑 저기 길 쪽.

"그럼 여기에 뭔가 있을 거야. 너만 아는 거. 잘 생각해 봐라."

은결이는 눈을 동그랗게 뜨고 눈깜빡이를 쳐다보았다.

"은결아! 은결아!"

엄마가 할머니 무덤 쪽에서 큰 목소리로 은결이를 찾았다.

"응, 엄마."

"조금 있다 갈 거니까 멀리 가면 안 돼."

"알았어."

은결이는 엄마에게 손짓을 해 주었다. 그리고 무덤 주위를 살펴보기 시작했다.

"빨리 찾아야 하는데 큰일 났네. 어른들이 조금 있으면 집으로 갈 거라고."

―은결아. 난 괜찮아. 고마워. 엄마한테로 가 봐. 네가 찾을 수는 없을 거야.

"여기에는 아무것도 없어."

은결이는 무덤 주위를 샅샅이 살펴보며 말했다. 다시 한번 둘러보았지만 아무것도 없었다.

"저기 길 쪽으로 가 보자."

은결이는 묘지 길 쪽으로 내려갔다.

무덤이 끝나면서 길이 시작되는 곳에 왔을 때였다.

흙이 끝나는 곳이기도 했고, 아스팔트가 시작되는 곳이기도 했다.

안개 때문에 잘 보이지 않았지만 풀 속에서 뭔가 반짝, 빛났다. 목걸이 하나가 풀잎에 가려져 땅에 떨어져 있었다.

"찾았다! 목걸이야. 소리가 할머니랑 여기 왔을 때도 뭔가 반짝거렸다고 했어. 이거였어. 소리가 할머니 등에서 내려와 주우려고 했던 게."

은결이는 목걸이를 들고 흔들었다. 눈깜빡이도 은결이가 있는 곳으로 왔다.

금색 줄에 백 원짜리 동전보다 작은 크기의 납작한 것이 달려 있었다. 앞면에는 작은 양이 한 마리 그려져 있었다. 뒷면에는 이름이 쓰여 있었다. 아주 작은 글씨였다.

은결이는 목걸이를 들여다보며 말했다.

"박. 정. 혁. 여기에 그렇게 적혀 있어."

은결이가 박정혁이라고 말하는 순간, 눈깜빡이의 눈이 번쩍 뜨였다.

박. 정. 혁.

-그래! 그게 내 이름이야. 박정혁. 이건 엄마가 내 목에 걸어 주신 거야. 보육원에 들어올 때……. 이제야 다 생각났어! 엄마는 나를 맡기고…… 얼마 있다가 돌아가셨다고 했어……. 애들한테는 엄마가 올 거라고 큰소리 쳤지만 혼자 밤마다 울었어. 돌아온다고 약속해 놓고 약속을 지키지 않은 엄마가 너무 미웠어. 일 년이나 지나서 돌아가셨다는 말을 원장 엄마한테 들었을 때에도 믿어지지 않았어. 나를 보육원에 버리려고 거짓말을 하는 거라고 생각했지. 그래서 난 계속 기다렸던 거야, 엄마를. 난 매일매일 엄마를 원망하면서 지냈어.

"다행이야. 이 목걸이를 찾게 되어서."

-무거운 돌덩이를 내려놓은 것처럼 마음이 가벼워졌어.

눈깜빡이는 정말 기쁜지 나무 끝까지 날아올라 갔다.

"이리 와. 내가 목에 걸어 줄게."

은결이가 눈깜빡이의 목에 목걸이를 걸었다. 하지만 목걸이는 걸리지 못 하고 땅에 툭, 떨어졌다.

-안 돼. 나는 목걸이를 걸 수 없어.

"아니야. 할 수 있어."

은결이는 눈을 감고 할머니에게 도움을 청했다.

"할머니, 도와주세요."

목걸이를 목에 걸려고 했지만 다시 땅으로 떨어졌다. 다시 눈을 감았다.

"할머니, 임달맑 씨. 제발 이 목걸이를 눈깜빡이 목에 걸 수 있게 도와주시라고요. 손자 은결이의 소원이에요. 제발 제발, 부탁이에요."

간절하게 빌면서 다시 눈깜빡이의 목에 거는 순간, 목걸이가 정말로 목에 걸렸다.

"와! 걸렸어. 걸렸다고. 목걸이가 걸렸어!"

목걸이가 걸리는 순간, 눈깜빡이의 목에서 나오던 붉은빛이 서서히 사라졌다. 목걸이는 한동안 반짝반짝 빛이 났지만 눈깜빡이처럼 서서히 희미하게 변하기 시작했다.

─은결아, 정말 고마워.

"내가 한 게 아니라 할머니가 도와준 거야. 내가 기도했거든."

─아주 상쾌해. 마음도 홀가분해. 답답했던 목의 통증도 이제 사라졌어.

눈깜빡이의 진짜 이름은 박정혁이었다.

"나도 고마워. 네가 아니었으면 알 수 없었을 거야. 내가 왜 엘리베이터를 탈 수 없었는지, 어둠이 왜 그렇게 무서웠는지, 좁은 공간에 가면 왜 죽을 것 같았는지. 그리고 엄마가 말해 줬어. 엄마도 어렸을 때 기르던 누렁이가 죽는 걸 본 다음부터 무서움이 많았대. 나도 그렇고 엄마도 그렇고 갑자기 세상을 떠난 강아지를 떠나보낼 수 없었나 봐. 엄마에게도 나처럼 티눈이 있었던 거야."

  −티눈?

"아무도 모르지만 나를 아프게 만들었던 티눈 말이야. 이제는 죽음이라는 게 그렇게 무섭게는 안 느껴져. 할머니도 행복한 곳으로 올라갔다고 했잖아."

  −그래. 내가 죽어 보니까 문밖이 황천이야.

"그거 우리 할머니가 늘 하던 말인데."

  −할머니가 나한테도 해 주신 말이야. 큭큭.

"이게 꿈속이거나 내 상상 속이거나, 아니면 네가 내 꿈속 친구라고 해도 정말 고마워."

  −나도 그래. 은결이 네가 아니었다면 사라진 내 기억도, 엄마에 대한 추억도 모른 채 어딘가를 헤매고 다니고 있을지도 몰라. 그리고 난 너의 꿈이나 상상 속에서 나온 애는 아니야.

  꿈에서 나오지 않았다면 어디에서 왔다는 말일까?

  이건 분명 꿈이야.

  꿈이 아니라면 마지막 남은 한 가지.

  내가 정말 제정신이 아니라 미쳐 버렸단 거지.

  은결이는 물끄러미 눈깜빡이를 바라보았다.

_ 은결이

행복대교를 막 건너는데, 갑자기 비가 내리기 시작했다.

소나기였다.

자동차를 운전하던 엄마가 큰 소리로 말했다.

"은결아! 소리야! 창문 닫아라."

자동차 뒷자리에 앉아 있던 은결이와 소리는 창문 올리는 손잡이를 돌리기 시작했다. 은결이는 오른쪽 창문이었고, 소리는 왼쪽 창문이었다. 그렇게 썩 좋은 자동차도 아닌 데다가, 15년이 넘은 오래된 차였다. 은결이는 창문 올리는 손잡이를 열심히 돌려 창문을 닫았다. 지난번 고장으로 자동차를 수리했기 때문에 창문도 잘 올라갔고, 털털거리는 소리도 많이 줄었다. 자동차는 다행히 멈추는 일 없이 잘 달려 주었다.

"엄마, 이제 차 좀 바꿔 봐."

은결이가 엄마에게 말했다.

"차를 왜 바꿔? 이렇게 잘 가는데. 이 자동차 할머니가 사 준 거야. 할머니가 힘들게 모은 돈으로 사 준 선물이라고."

"정말 할머니가 사 줬어?"

소리가 깜짝 놀라서 물었다.

"그럼, 우리 소리 태어나기도 훨씬 전에. 물론 그때도 중고차였지만."

"그때도 중고차였다고? 그럼 나보다 훨씬 언니네."

"그럼, 오빠보다도 더 오래전에 우리 집에 왔지."

엄마는 뿌듯하게 말했다.

"왜 사 줬어?"

"엄마가 보따리 장사를 했는데 고물차라도 있으면 훨씬 편할 거라고 할머니가 장만해 주셨지."

"와~ 우리 임달맑 할머니 멋진데."

소리가 까르르 웃었다.

"오늘도 안개가 끼었네……."

엄마가 확실히 변했다. 말투도 나긋나긋해졌고, 짜증도 내지 않았다. 엄마 병이 거의 다 나았다고 했다. 그런데 정말, 행복대교 밑에는 강물이 보이지 않을 정도로 안개가 자욱하게 끼었다. 마치 구름 위를 건너는 것 같았다. 갑자기 내린 소나기에 하늘이 어두워지

174

고 앞이 잘 보이지 않았다.

"엄마! 운전 조심하세요."

"엄마, 조심!"

은결이와 소리가 동시에 말했다.

"알았습니다."

엄마는 비상 깜빡이를 켜고 조심조심, 천천히 행복대교를 건너
고 있었다.

"어어? 창밖에 뭐가 보이는데?"

은결이는 얼굴을 창문에 바짝 들이대고 말했다. 비가 억수같이
쏟아지고 있어서 잘 보이지 않았다.

"은결아, 영어 학원 안 다니니까 그렇게 좋아?"

"응, 좋아. 매일 영어 숙제 때문에 밤 열두 시도 넘어서 잤어. 숙
제도 많고 너무 멀어서 얼마나 힘들었다고."

"엄마, 고등학교 졸업 못 한 거 알지?"

"응."

"수학여행도 돈이 없어서 못 갔어."

"정말? 여행을 못 갔어? 돈이 없어서? 내가 통장에 저금한 거 줄
수 있는데."

소리가 호들갑을 떨었다.

"다른 애들은 수학여행 가고, 못 간 애들은 학교에 나와서 공부
를 하라고 했어. 돈이 없어 수학여행 못 간 것도 억울한데 학교에

가야 했어. 엄마는 그때 결심했지. 내 애들만큼은 절대 공부 못 하게 내버려 두지 않겠다고. 그런데 엄마 생각만 하고 은결이한테 너무 몰아세웠던 것 같아."

"엄마, 걱정하지 마. 난 공부 잘할 테니까."

소리가 큰 소리로 말했다. 은결이는 엄마의 고등학교 시절 저 이야기는 처음 들었다.

"엄마 별명이 옛날에 뭐였는지 알아?"

"뭐였어?"

"굼벵이. 꾸물이."

"으히히히히."

소리가 큰 소리로 웃었다.

"땅바닥만 보며 걷는다고 맨날 할아버지한테 혼났어. 애들한테 그 별명 들었던 게 싫어서 그랬는지 은결이가 조금만 느리게 해도 화가 나고, 땅바닥 보며 걷는 것도 화가 났나 봐. 그래서 은결이를 들들 볶아 댔지. 그것도 미안해."

"나한테 너무하기는 한 거지."

은결이가 웃으며 말했다. 영어 학원에 가서 미리 낸 학원 수강료를 돌려받고 오는 길이었다.

"히히, 오빠 학원 안 가면, 나랑 놀 시간 많겠네."

소리는 신이 나서 궁둥이를 들썩였다.

"오빠는 앞으로 집에서 공부하기로 했어. 그게 더 힘들지도 몰

라. 스스로 계획을 세워 실천해야 하니까. 또 엄마랑 함께 병원에
도 가기로 했고.”

“병원? 왜? 오빠, 어디 아파?”

“응, 오빠 마음이. 엄마가 잘못한 게 많아서 그래. 병원에 가서
상담받으면 다 좋아질 거야.”

“나도 마음이 가끔 아플 때가 있는데 나도 데리고 가.”

“으이그, 못 말려.”

은결이는 소리 머리를 살짝 쥐어박으려다가 웃었다.

“참, 은결아. 할머니 비녀 잘 가지고 있지?”

“응.”

“그거 가지고 있으면 좋은 일이 생긴다고 할머니가 늘 말씀하셨
어.”

은결이는 주머니에 있는 비녀를 다시 한번 만져 보았다. 할머니
가 윙크 한 방을 날려 주는 것처럼 기분이 좋았다.

비는 억수같이 내리고 있었다. 은결이는 창밖으로 희미하게 보
이는 강물을 보고 있었다. 아까부터 그 강물 위에 뭔가가 희끗희끗
보이는 것 같았기 때문이다. 반짝, 또 빛났다. 종알거리던 소리는
어느새 잠이 들어 있었다.

‘어, 빛나는 게 뭐지?’

다시 눈이 뚫어져라 바라보았다.

그때였다. 반짝거리는 게 보였다.

목걸이.

눈깜빡이 목걸이였다.

"눈깜빡이다!"

또 그 애다. 무슨 이야기를 하려고 또 나타났을까?

"오늘도 내가 제정신이 아닌가 보다."

은결이는 고개를 좌우로 흔들며 눈을 떴다 감았다 반복했다. 의사 선생님에게 눈깜빡이 말도 해 봐야겠다. 그때였다. 다롱이가 창밖에 있는 눈깜빡이를 보고 왕왕 짖었다. 왈~ 왈왈! 왈~ 왈! 아주 큰 소리였다.

"다롱아! 너한테도 보이니? 쟤가 보여?"

다롱이는 대답이라도 하듯 더 크게 왕왕 짖었다.

"꿈에서 나온 애가 아니었어? 내가 미친 게 아니었다고."

요즘 꿈에서 나온 애랑 말도 하고, 그 애가 자꾸 눈앞에 보여서 이제는 정말 제정신이 아닌 거라 생각했는데. 눈깜빡이는 창문 바깥에서 은결이를 보고 있었다. 목걸이를 목에 걸고서, 은결이에게 손을 흔들어 주고 있었다.

─잘 있어. 나 지금 하늘 위로 올라가고 있어. 아주 예쁜 빛 속으로.

"하늘 위까지 가려면 멀어서 힘들겠다. 꼭 가야 해?"

─응, 가야지. 흐르는 물이나 바람처럼 내 갈 길을 가는 것뿐이야.

“그렇담 잘 가라. 올라가면 우리 할머니랑 잘 놀아. 손톱은 물어
뜯지 말고.”

은결이는 창밖으로 손을 내밀어 흔들어 주고 싶었다. 창문을 살
짝 열었다. 눈깜빡이는 은빛 옷을 출렁이며 하늘 위로 올라가고 있
었다. 비가 쏟아지는데도, 눈깜빡이의 옷은 젖지도 않고 하늘하늘
거렸다. 다롱이가 눈깜빡이를 보고 인사라도 하는지 왕왕 짖었다.
열린 창문으로 비가 들어왔다.

“은결아, 창문 닫아라! 비 들어온다!”

은결이는 손잡이를 돌려 창을 닫았다. 빗소리가 작아졌다.

“이제 아주 가네. 눈깜빡이. 참, 정혁이라고 했지.”

차가 터널 안으로 들어가기 시작했다. 빗소리가 들리지 않으니
차 안이 조용해졌다.

“정혁이? 같은 반 친구니?”

엄마가 물었다.

“응, 새로 사귄 친군데 자기 집으로 갔어.”

“집이 머냐?”

“응, 아주 멀어. 우리가 갈 수 없는 곳이야.”

“다음에 오면 우리 집에 놀러 오라고 해.”

엄마한테 눈깜빡이에 대해 말을 하기는 좀 그랬다. 그럼 엄마는
분명히 머리에 문제가 있는 거라고 생각할 거고 병원에 가자고 할
거다. 어차피 병원에는 간다고 했지만 이 말까지 하면 정말 골치

179

아픈 일이 많아질 거다. 눈깜빡이, 아니 정혁이라는 그 친구 좋은 친구였다. 다시 꿈에서 봤으면 좋겠다.

"참, 은결아! 우리 옛날에 살던 집에도 잠깐 가 보자. 얼마 안 있으면 집들이 다 헐린대."

"언덕 위 그 집?"

"응."

"거기 가기 싫어."

"은결아, 우리가 살던 집인데 마지막으로 둘러보자. 그 화장실도 직접 보면 별거 아니란 생각이 들 거야. 의사 선생님이 한번 가 보는 것도 나쁘지 않다고 말했어."

"그 집 마당은 재미있긴 했어."

"그래. 우리 다 같이 가 보자. 마당 한쪽에 엄마랑 같이 숨겨 둔 것도 찾으러."

"야호! 보물인가 봐!"

소리가 소리를 질렀다.

"은결아, 어제 한준이 문병은 잘 갔다 왔니?"

"선생님이랑 반 애들이랑 같이 갔는데 2주 후에 퇴원이래. 그리고 이사 간대."

"그래. 의식이 돌아와서 정말 다행이야. 이사 간다니 아쉽더라."

어제 선생님이랑 반 애들이 병실에서 먼저 나가고, 은결이는 한준이에게 수집품 중에서 제일 아끼는 피규어를 주었다. 만화영화

'원피스'에 나오는 '흰수염' 피규어다. 은결이가 모아 놓은 것들 중 보물 1호였다. 한준이는 흰수염을 보더니 기분이 좋아 보였다.

은결이는 한준이한테 모른 척해서 미안하다는 말을 다시 한번 해 주었다. 피규어를 준 것도 잘한 것 같고, 미안하다고 말한 것도 잘한 것 같았다. 선생님한테도 아이들과 한준이에 대해 사실대로 말했다. 말하지 않고 답답해하는 것보다 사실을 말하고 나니 훨씬 편했다. 선생님은 내 말을 듣곤 놀라는 표정을 짓다가 흠흠, 기침을 하더니 태형이와 그 애들을 불러서 자세히 알아보고 마무리 짓겠다고 했다.

조금 있으니 터널 끝에서 환한 빛이 쏟아져 들어오는 게 보였다. 터널 안에 있을 때는 아직도 숨이 가쁘고 어지럽다. 하지만 '조금만 참으면 금방 바깥이야.' 생각하고 천천히 숨을 고르고 기다리면 다시 가까스로 숨이 잘 쉬어졌다.

엄마는 어렸을 때 기르던 개 누렁이를 잃은 기억이 너무 힘들어 무서움증이 생긴 거라고 했다. 은결이는 깜깜하고 답답한 화장실에서 갑작스런 밍키와의 차가운 작별 때문에 힘들고 슬펐던 것 같았다.

'밍키가 죽은 게 나 때문이라고 생각해서 더 무서웠던 거야.'

아직도 밍키의 뻣뻣하고 차가운 몸을 안고 있을 때의 그 으스스한 느낌이 지워지지는 않았지만 은결이는 그 이유를 알게 돼서 그래도 견딜 만했다.

엄마 말이 맞다. 모든 게 적당한 시간이 필요한 것 같다. 빵이 발효될 때 시간이 필요하듯이. 그 시간이 충분하지 못했던 거라고 엄마가 말해 주었다. 밍키하고 할머니하고는 이제 천천히, 마음껏 작별해야겠다.

발가락 사이에 있었던 티눈은 며칠 전에 엄마가 약을 발라 주었는데 어느새 빠져 있었다.

터널을 빠져나오자 이쪽은 비가 내리지 않았다. 구름 뒤에서 햇빛이 눈이 부시게 빛나고 있었다.

"터널만 지났는데, 완전 딴 세상이네."

엄마가 말했다.

"정말!"

은결이가 말했다.

"와! 무지개야."

소리가 말했다.

"왕! 왕!"

다롱이가 은결이 손바닥을 핥으며 짖었다. 손바닥이 간지러워서 까르르 부서지는 웃음소리가 은결이 입에서 튀어나왔다. 멀리, 무지개가 하늘 위에 엷게 걸려 있었다. 할머니가 사랑했던 강아지 다롱이가 옆에서 꼬리를 흔들었다.

"다롱아, 너도 할머니가 보고 싶냐?"

은결이가 다롱이 머리를 쓰다듬어 주었다.

다롱이 목에 걸어 준 밍키의 뼈다귀 모양 은색 개 목걸이가 찰랑
거렸다.

못다 한 이야기

창밖에서는 눈이 세상을 조용히 덮고 있었습니다.

"거참, 이상해."

엄마는 달력을 한참 들여다보며 말했습니다. 오늘은 1월 30일. 엄마는 고개를 갸웃갸웃하며 진공청소기를 돌리다 말고 중얼거렸습니다.

"1월 5일에는 했어야 하는데……."

"뭐가?"

아빠가 물었습니다.

"나올 때가 됐는데."

"월급? 옮긴 직장에서는 꼬박꼬박 다 나올 텐데. 석 달 동안 한 번도 밀린 적 없었잖아."

아빠가 고개를 갸웃했습니다.

"엄마, 우리 용돈 나올 때가 됐지? 흐흐흐."

은결이와 소리가 서로 눈짓을 주고받으며 웃었습니다.

"뭔 소리야?"

아빠는 엄마가 들고 있는 청소기를 빼앗아 들고 다시 물었습니다.

"아무래도 아기를 가진 것 같아요."

"와우, 정말?"

은결이가 놀라면서 물었습니다.

"야호! 나도 드디어 동생이 생기는 거야."

"허허허."

아빠도 입이 귀에 걸리게 웃었습니다. 엄마는 얼떨떨해서 다음 날 병원에 가 봐야겠다고 생각했습니다. 점심밥을 먹고 엄마는 거실 소파에 누워 깜빡 잠이 들었습니다.

엄마가 이쪽으로 끝없이 걸어옵니다. 온 들판은 눈으로 뒤덮여 있었지요. 하얀 눈 위에 나의 금색 목걸이가 보입니다. 엄마가 그 목걸이를 집으려고 할 때마다 목걸이는 앞으로, 앞으로 미끄러져 갔습니다. 엄마는 계속 목걸이를 따라왔습니다. 성큼성큼 엄마가 걸어오는 동안, 하얀 눈 위에 예쁜 발자국이 생겼어요. 바람도 불지 않았고, 날은 따뜻했지요.

"어? 노란색 다리가 있네."

엄마가 다리를 건너가자 작은 오두막집이 나왔습니다. 내가 사는 초록 지붕 오두막입니다. 굴뚝에서는 노란 연기가 올라가고 있었습니다. 꽃 향기가 솔솔 흘러나오고 벌들이 왱왱거리는 것 같은 노랫소리도 들려옵니다.

울타리가 쳐진 오두막 안에는 큰 버드나무 한 그루가 마당에 서 있습니다. 버드나무 가지에는 붉은색, 노란색, 푸른색의 새들이 나뭇가지 위에 앉아 아름다운 노래를 부르고 있었지요.

엄마는 아무 거리낌 없이 울타리 문을 열고 들어왔습니다. 땅은 폭신폭신합니다. 나는 버드나무 옆에 서 있었습니다. 불타는 듯한 빨간 머리를 휘날리며 노란 옷을 입고서 웃고 있었지요. 발에는 황금색 신발을 신고서요.

엄마는 나를 한번 만져 보려고 손을 뻗었습니다. 하지만 손이 닿지 않았어요. 엄마는 나와 점점 멀어져 오두막을 지나 다리 쪽으로 밀려가고 있었습니다. 다리는 어느새 가운데가 끊어져 있었습니다. 엄마가 다리 밑으로 떨어지려는 순간, 내가 다가갔습니다. 활짝 웃으며 손을 내밀었어요. 엄마와 나는 둘 다 손을 꼭 잡았습니다. 손을 잡자마자 나는 분홍빛 복숭아로 변했습니다.

10월 12일이 되었습니다. 엄마는 사랑 산부인과에 갔습니다.
"조금만 더 힘을 내세요."

의사의 말에 엄마는 마지막 힘을 주었어요. 나도 바깥으로 나가려고 온 힘을 다하고 있었지요.

"응애앵, 응애, 응애앵!"

내가 세상에 나온 첫 소리. 나의 멋진 목소리입니다.

"건강한가요?"

엄마는 땀이 송글송글 맺힌 이마를 들고 의사에게 물었습니다.

"네. 정말 예쁘게 생긴 공주예요. 하하, 공주님이 벌써 손가락을 입에 물고 있네. 눈은 부리부리하고 코는 오똑하고, 입은 오물오물, 정말 귀여워요. 아빠를 닮았나, 엄마를 닮았나. 눈 깜빡이는 것 좀 봐. 말귀를 다 알아듣는 것 같아요."

의사의 말에 엄마가 웃었습니다. 나는 엄마 품으로 안깁니다. 엄마는 흥얼흥얼 노래를 부르기 시작합니다.

우리 애기 금동 애기 둥개 둥개야.
꼬사리로 집을 짓고 원추리로 대문 달아
대문 밖에 선 큰 애기 금을 줄까 옥을 줄까
해님 같고 달님 같은 우리 애기 예쁜 애기.

나는 울다가 이내 조용하게 있습니다. 마치 노랫소리를 듣는 것처럼.

이제 막 세상에 태어나 처음으로 바라본 사람,

오래 기다려 온 우리 엄마.

사랑스러웠습니다.

희미한 꽃 향기가 코끝을 스쳤습니다.